MATTHES
& SEITZ
& BERLIN
PAPER·
BACK

Anne Weber

BESUCH BEI ZERBERUS

Matthes & Seitz Berlin

Es ist Tag. In den Fenstern hängen statt Moskitogittern klebrige Spinnweben. Es gibt eine Eiche, es gibt einen See, es gibt Zwiebeldächer, die dem Haus wie graue Sahnehauben aufgedreht sind. In der hochsommerlichen Hitze backt der Backstein immerfort, schon bröckeln die Balkone. Von meinem hängt ein dünner, gerissener Strick. Vorstellen kann man sich vieles, die Selbstmörder werden aufgelesen in dem Rhythmus, in dem sie fallen. Aus dem Stein wachsen Blumen in die warme Luft, träge nicken sie mir zu und ermutigen mich, es ihnen nachzutun und auf dem unfruchtbaren Papierboden Fuß zu fassen, aber ich kann nicht: Wenn ich die Augen aufschlage, blendet mich das Leben. Halte ich sie geschlossen, platze ich aus allen Nähten, in meinem Kopf klappern Kiefer, hämmern Schreibmaschinen, krächzen Krähen.

Warum schiebt mir eigentlich niemand eine Botschaft unter der Tür durch, denke ich, und in demselben Augenblick sehe ich den weißen Zettel schräg aus dem Türschlitz zeigen. Ich falte ihn auf und lese:

Auf dieser Welt leben Nashörner und Flusskrebse mit durchsichtigem Panzer, es gibt Pfauen, die ihre Augen auffächern zu einem bunt aufgerissenen Augenrund, kochende Berge, die Steine ausspucken wie Kirschkerne und aus denen sich glühend die Erde erbricht, Uniformen, in denen Menschen kniehochreißend durch Prachtavenuen marschieren, Giraffen, die, des irdischen Treibens überdrüssig, danach trachten, sich in höhere Sphären zu verziehen. Du aber sitzt und verwächst mit deinem Stuhl zu einem mythologischen Zwitterwesen.

Mit den Lidern klappe ich mir die Welt auf und nehme mir vieles vor, was nicht zu halten ist: lächelnden Auges in die Gegenwart zu blicken und über alle Fallgruben zu hüpfen, als seien es Pfützen; Mund, Nase und Ohren nicht weiter zuzustöpseln, sondern zu weiten für Eindrücke jeglicher Art, damit das Schauspiel nicht umsonst aufgeführt werde und das Bühnenbild die verdiente Beachtung erfahre. All die Tiere und Menschen fliegen und rennen einem ja nicht aus Jux ins Blickfeld, und auch die Wolken quellen nicht ohne Hintergedanken ins Bild.

Sei froh, dass sich so viele Fragen stellen, endet der Brief. Glaubst du vielleicht, dass du auch nur einen einzigen Tag leben könntest in einer fraglosen Welt?

Ich falte das Blatt zu einem Flieger zusammen und schicke es auf Reisen. Vielleicht kann es noch anderen Mutlosen den ersehnten Ruck geben. Die Luft trägt es weit.

Auf dem See fahren Schiffe, auf denen eine Flughafenstimme den Besuchern ihre Umgebung in Zahlen ummünzt: 120 Meter hoch ist der Fernmeldeturm, der Wannsee ist an dieser Stelle 25 Meter tief und das Schiff 77 Meter lang. So ordnet sich alles zu einem vertrauten Brettspiel oder zu einer mathematischen Formel ohne Unbekannte, und die Passagiere legen wohlbehalten in einer durch und durch vermessenen Umgebung wieder an.

Nachts blinzelt der Fernmeldeturm mir zu. Auf dem Balkon stehend, blinzle ich zurück. So vergehen die Nächte.

Unten am Wasser heben Scheinwerfer die zarten Wellenschläge in die Bäume. Derart aufs raschelnde Laub verlagert, zittert die Seeoberfläche doppelt; in dem Grau der Blätter plätschert still der Widerschein des Sees.

Kaum bin ich im Zimmer zurück, schaukelt der See mir hinterher. Wir setzen uns an den Schreibtisch und legen los. Zu einer Geschichte wird es wieder einmal nicht langen, das spüren wir schnell, obwohl es zweifellos sehr angenehm und bequem wäre, sich von einer Begebenheit zur anderen zu hangeln, die Marquise geht aus, die Marquise kehrt heim, und dazwischen steigt sie in Kutschen oder bricht sich ein Bein. Man weiß, wohin man will, oder, noch besser, man weiß es selber nicht und lässt sich von den Figuren, die man sich zwar die Mühe gemacht hat zu erfinden, die aber so freundlich sind, sich bereits im zweiten Kapitel zu verselbstständigen, zu einem für jedermann überraschenden

Ende geleiten. Stattdessen sitzen wir hier, der See und ich, und warten auf eine Flaschenpost mit den nötigen Anweisungen zum Schreiben eines dicken, den Schreibenden erlösenden, den Leser nicht mehr loslassenden Buches. Die Flaschenpost taucht tatsächlich bald auf, und zwar in Form einer Whiskey-Flasche, die unerklärlicherweise auf meinen Schreibtisch gespült worden sein muss. Zu dieser Whiskey-Flasche gehört eigentlich eine ganz andere, eine viel härtere Prosa als die meine, auch lässt man sich als Whiskey-Trinker nicht derart gehen und von der Sprache entführen, im Gegenteil, man hält ihr stand, man setzt sich durch, man lässt sich von ihr nicht an der Nase herumführen. Eine Whiskey-Flasche stellt man neben eine alte mechanische Schreibmaschine, eine Olympia vielleicht, man spannt einen Bogen Papier ein und hämmert darauf ein. Die Zigarette hat man im Mundwinkel klemmen, hin und wieder fällt einem ein Aschenstängel aufs weiße Hemd (man ist männlichen Geschlechts), aber man hat die Augen auf das von rechts nach links wandernde Papier gerichtet und bemerkt es nicht. Am besten ist man Amerikaner. Ohne die Zigarette aus dem Mund zu nehmen, ruft man den Agenten an und sagt: Ich brauche dringend fünfhundert Dollar. Statt, wie ich, weich im Geben zu sein, ist man hart im Nehmen. Morgens wacht man mit einem Brummschädel auf, nachts verharrt man im Lichtkegel einer metallenen Schreibtischlampe und zerrt an dem roten Faden, der sich immer wieder verheddern und verknoten will, die Erzählstränge werden sorgfältig und zielstrebig miteinander verflochten, und wenn der Morgen graut, ist das Ende offen. So soll es auch bleiben: weiterhin steigt der Wert des offenen Endes. Derweilen arbeite ich an einem Buch mit offenem Anfang, ein Genre, das an der Börse bislang noch nicht geführt wird.

Auf dem Flaschengrund wartet dann der blaue Himmel auf mich. An Schlaf ist nicht zu denken, besser gesagt, an Schlaf ist schon zu denken, es ist sogar an nichts anderes zu denken, so erschöpft ist man von dem krampfhaften Versuch, nicht nachzudenken, und vom vielen Trinken (man verträgt ja nichts), aber der Schlaf stellt sich nicht ein, statt dessen stellen sich Worte ein, unzählige wäre übertrieben, aber immerhin, ein paar Bataillone sind es schon, und so gibt ein Satz den anderen, die Buchstaben nehmen sich an der Hand und bilden innerhalb kürzester Zeit eine Wortkette, die ich um den erstbesten Hals schlinge und zuziehe zu einem mitleidlosen Exekutions-Kalligramm.

Was mir eigentlich vorschwebt, ist allerdings nicht etwa ein Buch in Galgenform, sondern eines, in dem die Sprache umgestülpt wäre wie ein Strumpf. Die Welt nach links zu drehen, das wäre eine Beschäftigung, an der ich dauerhaft Freude haben könnte. Nun finge es natürlich schon damit an, dass die deutsche Sprache, wenn sie nach links drehen sagt, in Wahrheit das Innere nach außen kehren meint. So geht es dann immer weiter, ein Missverständnis gibt das andere, und wenn man der Sache nicht auf den Grund geht, gibt es bald keine Sache mehr, sondern nur noch Worte, die sich ihre eigene, autonome Welt zusammenspinnen, in der es sich natürlich auch leben lässt, wo aber jeder Schritt bereits vorgestanzt ist. Da kann man auch gleich aufs Sofa sinken und sich mit Hilfe der Fernbedienung festzurren, da gibt es keine Überraschung mehr, der Hahn hockt im Korb, der Apfel fällt keine zehn Zentimeter vom Stamm, und um sich dann noch zu rühren und freizuschaufeln, braucht es Kräfte, über die man nicht verfügt.

Draußen bringt der Wind Bewegung in die Welt, die alten Bäume halten mit letzter Kraft ihre Blätter fest, deren Rauschen drohend anschwillt und dann wieder zu leisem Säuseln zusammenfällt. Ich sitze vor einer von erschlagenen Insekten gesprenkelten Wand und spüre an der Wange die Luft, die sich an mir vorbei auf ein unbekanntes Ziel hin bewegt. Dieser ganze bis in eine unsichtbare Ferne reichende Raum, der uns umgibt, hält niemals still, immer peitscht er unwillig vorantrottende Wolken durch die Luft. Ich bin zu schwer, um mich treiben zu lassen, wohin der Wind mich gerade schiebt. Sich einem Element überlassen zu können oder dagegen ankämpfen zu müssen schenkt den Vögeln in der Luft und den Fischen im Wasser eine Geborgenheit, um die ich sie beneide. Wir hingegen müssen uns, ohne jegliche Hilfe oder richtungweisende Stütze, einen begehbaren Weg suchen, unsere schweren Glieder auf einen Berg hieven, zum Beispiel, oder auf einen Baum, um einen Happen Landschaft zu sehen und den Tag nicht zu vertun.

Alles hat zwei Seiten, unterbricht mich der Volksmund oder wer auch immer. Bei näherer Überlegung ergibt sich dann, dass die allerwenigsten Dinge zwei Seiten haben: ein Blatt Papier, eine Tür, ein Vorhang vielleicht gerade noch, aber schon ein so schlichter Gegenstand wie ein Würfel hat immerhin mindestens sechs Seiten, und bei einem so kantenlosen Geschöpf wie dem Menschen gehen die Seiten derart fließend ineinander über, dass sie gar nicht mehr zu unterscheiden sind.

Der See tarnt sich heute als Mittelmeer, da fällt es schwer, unbeirrt die Fernsehröhre zu fixieren. Über dem See geht das Blau immer weiter, auch mich hat es bald erfasst; nur der Backstein, von der Sonne zur Feuerwand entfacht, hält noch dagegen. Ich warte, bis die Erste ausgefranste Wolke vorübergehetzt ist, und gehe endlich ernsthaft an die Arbeit. Gleich zu Anfang verliere ich viel Zeit damit, mir ein passendes Genre auszusuchen: für den Roman bin ich zu kurzatmig, für die Novelle zu einfallslos, für den Aphorismus zu weit von jeder Wahrheit entfernt. Das Theater wird einem von jedem x-beliebigen aus der Hand genommen und nach zeitgemäßer Verdauung wieder vor die Füße gespuckt. Das Gedicht klumpt sich innere Landschaften zu Bronzereliefs zusammen. Ehrfürchtig betrachte ich sie, die kunstvollen Gebilde: haftet mir auch etwas von diesem Hochmut an?

Der Himmel wird grau und schluckt die Spinnweben, aber nicht ihre Bewohnerin, die jetzt am Himmel klebt als unbewegliche Vogel-Spinne. Eine Schwalbe streift sie mit ihrem elegant nach hinten gebogenen Flügel. Hinter Spinne und Vogel durchquert ein Flugzeug das Bild. In seinem Inneren sitzen Mensch an Mensch, Arm an Arm, Knie an Knie. Mit angewinkelten Beinen holpern sie durch die Luft, und in den Kurven halten sie der Erde bald die rechte, bald die linke Wange hin. Bei plötzlichem Unterdruck fallen ihnen Sauerstoffmasken auf den Kopf, die binden sie sich auf die Nase, und dann ist erst einmal Ruhe, und keiner verlangt mehr ein Gläschen Sekt. Im Falle einer Wasserlandung legen sich ihnen die Schwimmwesten automatisch um den Leib und pusten sich auf; Rutschen fahren zu beiden Seiten ins Wasser, wie man sie sich in den abenteuerlichsten *Erlebnisbädern* nicht zu erträumen wagt. Bis es soweit ist, klammert sich jeder an seiner Zeitung fest. Draußen wölbt sich die Erde noch lange nicht, dazu ist sie viel zu nah. Im Cockpit sitzen Männer, die fliegen können. Sie sind ein Muster an Ausgeglichenheit und haben eine Sonnenbrille auf.

Von diesen fliegenden Menschentrauben hängen wohl täglich fünf- bis zehntausend gleichzeitig in der Luft. Dicht aneinandergepresst surrt man durch eine

Atmosphäre, in der ewiges Schönwetter herrscht. Die Stewardess bringt jedem Passagier einen Schnuller und ein Bilderbuch; so läuft man durch die wolkenlose Leere der Zeit hinterher oder davon.

Nur die Tiere lassen sich von den vorbeirasenden Sekunden und Minuten und Stunden nicht beirren; ruhig grasen sie an sanften Hängen oder krabbeln über moosige Waldböden. Ihnen kann die Zeit nicht viel anhaben; sie sind mit ihr vertraut und lassen sich von ihr wie von einem hilfsbereiten Weggefährten durchs Leben schleppen. Am Ende verziehen sie sich in die Büsche und sterben, während unsereins in Reanimationskliniken auf eine Auferstehung wartet. Vom Tod wissen sie zweifellos mehr als wir, dabei flößt er ihnen weniger Angst ein: erst wenn er naht, verschwenden sie den ersten Gedanken an ihn. Im Himmel sind sie dann ganz allein; kein Mensch wurde je fern von der Erde und außerhalb eines Raumschiffs gesehen. Vielleicht holen die Ängste im Himmel die Tiere ein.

Dann ist es Mitternacht. Ich schreibe alles auf, woran ich mich erinnere, mein ganzes früheres Leben. Auf dem weißen Papier heben sich dick die Jahreszahlen ab; einsilbig verweisen sie auf Augenblicke, die zusammengenommen keine Zeitspanne ergeben.

Wozu sitze ich nun hier? Weiß ich nicht schon lange: hinter Buchstaben konnte sich noch keiner verbergen. Behutsam strecke ich die Hand aus bis zum nächsten Menschen oder Planeten. Alle Stricke längst gerissen, denke ich, doch im gleichen Moment berührt mein Daumen etwas, was sich anfühlt wie eine getreue Nachbildung der Ewigkeit.

Ich weiß nicht, was Du denkst, ich weiß nicht, wer Du bist. An allen Poren meiner Haut findest Du Gefallen, auch an dem Weiß in meinen Augen, solange der Abend es zum Leuchten bringt mit seinem Dämmerlicht. Was Du bedeutest, weiß ich nicht. Über mir hängst Du in unsicherer Pose, streckst Deine langen Durstfinger nach mir aus, aber bis Du nach mir gefasst hast, bin ich Dir schon lange entwichen ins andere Land. Hier flattern keine Fahnen im Wind; wenn ich durch die Wiesen gehe, stieben keine Heuschrecken auseinander bei jedem Schritt. Hier bin ich Zwergin unter Zwergen, alle Zwischenräume sind mir eine Herberge, alle Rinnsale ein mächtiger Fluss. Hier kenne ich mich aus, hier will ich bleiben. Hier schütteln sich die Bäume nicht vor Lachen, wenn sie mich erblicken. Am Ende weist man mir auch hier einen langen Gang, und die Freiheit, von der man so gerne spricht, ist eingeklemmt zwischen diesen beiden furchterregenden Mauern. Ich renne los: da bricht das Eis unter mir ein, und ich stürze in kaleidoskopische Zonen. Später liest Du mich auf. In jeder Hand einen Splitter Ich, sammelst Du die geborstenen Jahrhunderte in eine flache Schale.

Unter den Tränen weicht mein Gesicht auf wie ungebackener, feuchter Teig. Ich ziehe die Hand zurück, schlage mein Adressbuch auf und suche nach irgendeinem Menschen, dessen Telefonnummer ich wohl wählen könnte in meiner Not (détresse-Buch?). Ich finde keinen. Wohl sind da allerhand Menschen verzeichnet, doch hauptsächlich solche, die man nicht behelligen kann mit wässriger Stimme, schon gar nicht mitten in der Nacht, und die man unter Umständen behelligen könnte, will man nicht behelligen. An verständnisvollen Ohren mangelt es allerdings rein rechnerisch nicht.

So schlage ich mir des Nachts verständnisvolle Ohren um die Ohren und frage mich: Wozu dienen eigentlich Namensverzeichnisse? Alles, was existiert, hat einen Sinn, heißt es doch manchmal noch, oder hieß es wenigstens, in früheren, zuversichtlicheren Zeiten. Also auch das Adressbuch. Aber welchen?

Draußen heult eine Sirene; drinnen heule ich. Vergeblich suche ich die Leidensgefährtin in meinem Adressbuch und im Branchenverzeichnis (unter Heulsusen). Wie ein langgezogener Triumphschrei fährt das Sirenengeheul noch einmal über den See, bevor es unmittelbar unter meinem Fenster erstirbt.

Über mir singt der Himmel sein stilles Nachtlied. Ich gehe zu Bett mit den matt glänzenden Sternen und den im Seegrün heimischen Fischen. Auf dem Kopfkissen neben meinem funkeln brüderlich Sternschnuppen und Fischschuppen. Wenn ich im Morgengrauen die Augen aufschlage, ist der Zauber schon ein gestriger (Umschreibung des Lebens). Metaphorische Kurzfassung meines *eigenen* Lebens: Jemand sagt etwas. Ich lausche aufmerksam und gebe vor, verstanden zu haben, worum es geht.

Am Vormittag quellen überall dichte Rauchwolken aus der Erde und hüllen mich ein. Blind taste ich mich durch Städte und Wälder, getrieben von dem schwarzen, beißenden Gewölk, das mich zugleich ersticken macht und aufrecht hält. Manchmal reißt es kurz auf, dann sehe ich die Lebenden neben mir Rad schlagen und tänzelnd ihre Einkaufswagen spazierenführen. Hinter der Dunstglocke läutet mit elektronischer Eindringlichkeit und dabei unerreichbar fern ein Telefon. Jemand versucht, mich zu erreichen; oder ist mit diesem Läuten eine andere gemeint? Gibt es mich denn noch? Das Telefon läutet unbeirrbar weiter, in mir drinnen, in mir draußen, an einem anderen Ort.

Manchmal, nach langem Alleinsein, platzt das Glück ins Dasein hinein: hinten, auf erhöhtem Platz über der Straße schwebend, in einem halbleeren Bus sitzen und durch einen dunklen, von Sonnenstrahlen durchzogenen Wald fahren. Es ist nicht zu heiß und nicht zu kalt; eine Frauenstimme auf Band sagt die nächste Haltestelle an, die gleichzeitig in Leuchtschrift über dem Gang erscheint: Rübezahlweg. Ich bin schon oft mit diesem Bus gefahren. Einmal habe ich Rübezahl hier einsteigen sehen.

Die Fahrt durch den Wald dauert nicht lange, bald werden wir auf die Hauptstraße stoßen. Ich schaue in alle Richtungen gleichzeitig, damit sich mir alles so einprägt, wie es jetzt gerade ist: das Licht, wie es durch die Baumwipfel bricht, die gelbe Leuchtschrift, deren Spiegelbild ich im Fenster durch den Wald huschen sehe, meine Haut, die noch nach dem algengrünen Seewasser riecht, das Kind, das ganz alleine mit seinem Kinderrad auf einem Feldweg fährt. All das dauert nur wenige Minuten. Der Sommer wird bald vorbei sein, der »Luftgrund«, wie es im Französischen heißt, ist frisch. Später dann, nach Sonnenuntergang, wieder der See. Unter dem dunklen Himmel leuchtet noch lange das Wasser. Ich stehe auf der Brüstung und bemühe mich, nicht das Gleichgewicht zu verlieren. Tief unter mir spiegelt ein bewegter Schimmer zu mir hoch. Von den vorbeifahrenden Schiffen sind nur noch die Lichter zu sehen.

Zurück in meinem Zimmer, versuche ich, an Neuseeland zu denken. Auch da gibt es Leben, die gerade – unter anderem – von Menschen gelebt werden. Sooft ich mich auch schon darum bemüht habe, es gelingt mir nie, mir diese Gleichzeitigkeit richtig zu vergegenwärtigen: Zwar steigen bei dem Namen Neuseeland, wie bei vielen anderen Ortsnamen, Bilder aus dem Hirndunkel auf, schneeige Berggipfel, lange, felsige Küstenstreifen vielleicht, aber vergeblich strenge ich mich an, mich um die Erde herum und in diese Landschaften hineinzudenken, damit sie nicht nur zeitlos existieren, sondern gleichzeitig mit dem See, der hier vor mir liegt und vom Regen anschwillt, gleichzeitig mit den Mexikanern und den Chinesen, mit den Ameisenbären und den Tulpengläsern.

Wahrscheinlich werde ich nie einen Fuß auf Neuseeland setzen. (Werde ich überhaupt je einen Fuß auf Neuland setzen?) Ob ich hier aus dem Fenster springe oder am Schreibtisch sitzen bleibe, ist den Neuseeländern gleichgültig. Wenn aber alle Europäer heute aus dem Fenster sprängen, wäre das unter Umständen für Neuseeland schon von Bedeutung. Folglich hat, wenn auch in minimalem Ausmaß und wahrscheinlich nur rein theoretisch, meine Existenz ihre Wichtigkeit für andere Erdbewohner. Ob das schon ein ausreichender Grund ist, um nicht aus dem Fenster zu springen?

Manchmal möchte ich den Neuseeländern ein Zeichen geben, ihnen zuwinken über Meere und Städte und Landschaften hinweg. Es ist mir in solchen Momenten, als hätte ich den Neuseeländern etwas Wichtiges mitzuteilen.

Als junges Mädchen erlebte ich mehrfach das unvermittelte Abhandenkommen der Welt. Seitdem habe ich immer wieder versucht, dieses Erlebnis zu beschreiben. Seit ich versuche, es zu beschreiben, habe ich dieses Erlebnis nicht mehr gehabt. Seit ich es nicht mehr habe, ist mir das Erlebnis immer wichtiger geworden. Aus dieser Satzfolge hüte ich mich – man hüte sich! –, auf allgemeine Wahrheiten zu schließen. Man hüte sich, aus irgendetwas anderem auf allgemeine Wahrheiten zu schließen. Wenn man aus einem Satz auf eine allgemeine Wahrheit schließen kann, ist an dem Satz etwas faul. An allgemeinen Wahrheiten ist immer etwas faul. Also ist auch an den letzten beiden Sätzen etwas faul.

Das Erlebnis verlief so: Ich saß am Frühstückstisch oder ging durch den Flur oder saß an meinen Hausaufgaben, und plötzlich war die Welt weg. Alles bisher Gesehene und Gewusste geriet ins Schwanken – nein, nichts geriet ins Schwanken, dazu war keine Zeit: Von einer Sekunde zur nächsten war nicht nur meine gewohnte Umgebung, sondern das ganze Weltall verschwunden. Während ich mich noch abmühe mit der Beschreibung des Erlebten, merke ich schon: Es lässt sich auch diesmal nicht wiedergeben. Vielleicht kann ich es deshalb nicht lassen, weil es unmöglich ist. Aus dem großen Staunen darüber, dass es all dies tatsächlich geben soll, diese Schornsteine, diesen Junikäfer, diesen Hubschrauberlandeplatz, diese Grashalme, dass die Welt tatsächlich so, wie ich sie sehe und nicht sehe, existiert, aus diesem Staunen war plötzlich etwas anderes geworden: das Nichts.

Mich schwindelte, und ich schloss unwillkürlich die Augen, aber bis ich sie geschlossen hatte, war die Welt schon wieder da. Bis zum nächsten Mal. Für Sekundenbruchteile schwebte ich im luftleeren Raum; nicht nur der Boden unter den Füßen war mir weggezogen, sondern die ganze Erdkugel, und über dem Kopf der Himmel und unter den Fingern das Treppengeländer.

Jahrzehnte später kreise ich noch immer um dieses blitzlichtkurze Nichts und frage mich, warum mir dieses Schwindelgefühl gleichzeitig mit der Kindheit abhanden gekommen ist. Staune ich denn nicht mehr so oft wie früher? Doch – aber offensichtlich überwältigt mich dieses Staunen nicht mehr. Erwachsenwerden bezeichnet vielleicht den Moment, wo das Staunen in ein bloßes Sich-Wundern übergeht. Staunen bedeutet: es (es?) nicht glauben können. Wer sich wundert, sagt dagegen nicht viel mehr als: Na so was – ist das nicht eigentümlich? Den Sich-Wundernden kann nichts passieren: Sie stehen in einiger Entfernung des Geschehens und heben amüsiert die Augenbrauen. Der Staunende jedoch ist stets in Gefahr. Wenn er stark genug an etwas nicht glaubt, kippt es ihm weg.

Falls dieser Zustand angedauert hätte, wäre ich durch mich hindurch und dann immer weiter gefallen, von nirgendwo weg und nirgendwo hin. Meines immergleichen Wesens überdrüssig, hätten mich die Ärzte bald in eine Zwangsjacke gesteckt, in der ich weiter gefallen wäre bis ans Ende der Zeit und darüber hinaus, denn für mich hätte es weder Zeit noch Ende mehr gegeben, als einsame Mumie hätte ich im Vakuum geschwebt und mich von meinen Gedanken ernährt. Denn auch damals, in jenen weit zurückliegenden Abstürzen, bin ich mir selbst stets erhalten geblieben. Zurückblickend bedauere ich das manchmal: Wäre es nicht ungeheuer erholsam, von Zeit zu Zeit von der Kapsel seiner selbst befreit und ganz und gar schwerelos zu sein? Statt auf dem betonierten »Boden« der Tatsachen zu stehen und sich selbst und allem, was die Welt einem an Eindrücken und Empfindungen und gestellten Beinen und gedanklichen Herausforderungen zumutet, ohne die geringste Unterbrechung ausgeliefert zu sein, sich ausschalten zu können wie eine flackernde Lampe?

Träume haben keinen Boden und keine Kontur. Wie halbdurchsichtige, weißliche Quallen schwimmen sie durch die Nacht, sich öffnend und schließend im Rhythmus der einander abwechselnden Phantomgebilde. Mit diesen Lungenflügeln atmet der Träumende.

In der Nacht begegnet mir dann eine Spinne. Mit ihren langen, staksigen Beinen läuft sie mir über den Leib; davon wache ich auf. Das Zimmer ist mit einer dichten Dunkelheit erfüllt, in der die Spinne sich aufbläht und die Größe eines Elefanten annimmt, eines Elefanten mit fadengleichen, wie mit hauchdünnen Trommelstäben auf der gespannten Haut meines Bauches herumwirbelnden Beinchen. Ich erschaudere und wische mir unwillkürlich mit der Hand über den Leib, dann schalte ich das Licht an. Augenblicklich ist das Zimmer wieder ein hohler Raum. Die Spinne liegt auf dem Bettlaken und hat alle Beine um sich geschlungen; ein winziges, undurchdringliches, nach allen Seiten hin abgeschottetes Knäuel, das ich mit Daumen und Mittelfinger vom Bett und auf den dunklen Teppichboden schnippe, wo es sogleich verschluckt und jeder weiteren Verfolgung entzogen wird.

Sobald das Licht wieder ausgeschaltet ist, prasseln kleine Spinnenknäuel wie Hagelkörner auf mich herab und decken mich mit einem schwarzen Mantel zu, unter dem ich mich nicht zu regen wage. Der Lichtschalter ist nicht mehr erreichbar, ich liege unter den glänzenden Perlen der Spinnenleiber und versuche krampfhaft, eine Rettung zu ersinnen. Während ich mir den Kopf zermartere, fällt mir der kleine Junge ein, der am Nachmittag in der S-Bahn hinter mir saß und den ganzen Fahrtweg damit verbrachte, einen Witz zu erfinden.

Hör mal, Mama, sagte er. Ich habe mir gerade einen Witz ausgedacht: Guten Tag, Herr Bäcker. Haben Sie frische Wecken? – Nein, aber ich habe frische Schnecken.

Und *das* soll witzig sein? fragte die Mutter des Jungen mit müdem Lächeln.

Daraufhin erfand das Kind einen neuen Witz und noch einen und noch einen, aber immer ertönte, sobald er fertig war, die Stimme der Mutter: Das ist doch nicht lustig.

Schließlich rief der Junge, den Tränen nahe: Aber irgendetwas muss doch lustig sein!

Plötzlich bin ich mir sicher, dass ich mich nur aus

diesem Spinnengefängnis befreien kann, indem ich einen witzigen Witz erfinde. Ich grüble und grüble, aber natürlich fällt mir nichts ein, nicht einmal ein schlechter, ganz gewiss niemanden je zum Lachen bringender Witz fällt mir ein, nur das grauenhafte Lachen von Jack Nicholson und das noch grauenhaftere von Rudi Carrell und die Golden Gate Bridge und Schneewittchen und der Rhein-Main-Flughafen, aber damit allein ist noch kein Witz zu machen, und so bleibe ich unter der immer höher werdenden Spinnendecke vergraben.

Im Morgenrot verglüht dann der Spinnenspuk, die Straßenbahn fährt bald in diese, bald in jene Richtung über mich hin, die auf dem Bahnsteig Wartenden treten erst zurück, dann wieder vor, im Halbschlaf hocken sie sich auf tarnfarbene Bänke und lassen sich auf ihnen wie auf Rollstühlen ins Büro schieben, im Halbschlaf arbeiten sie sich durch den Tag und durch den Feierabend hindurch, wo sie dann endlich vor dem Fernsehapparat sitzen und im Halbschlaf Millimeter für Millimeter die Welt untergehen sehen.

In solch trüben Farben male ich mir gerne das Leben aus, das ich nicht gewählt habe, um sicherzugehen, dass es richtig war, es nicht zu wollen. War es richtig, es nicht zu wollen? Habe ich es tatsächlich nicht gewollt, oder hat es mich nicht gewollt? Und macht das auch nur den geringsten Unterschied aus?

Seit ich ihr mehr und mehr Platz einräume, breitet

die Einsamkeit sich in mir aus wie eine Brombeerhecke. Je einsamer ich bin, umso größer wird die Einsamkeit, nach der ich mich sehne, als gäbe es an dieser Grenze, zu der es mich zieht, etwas nur dort zu Findendes, Geheimes, etwas nur dort von mir zu Sehendes und zu Verstehendes, dem ich in keiner gewohnten Umgebung und in keiner wärmenden Nähe und Geborgenheit je von Angesicht zu Angesicht gegenüberstehen kann. Als könne die Einsamkeit nur an den Rand des Unerträglichen gesteigert ihre wahren Früchte tragen und nur so, bis ans Äußerste getrieben, schließlich auch in ein großes Glück umgekehrt werden; als müsse ich in die Hölle einkehren und dort eine geraume Zeit verharren, um dann geläutert wieder entlassen zu werden.

Auf einer Landkarte versuche ich diese Hölle ausfindig zu machen, und tatsächlich erblicke ich schon bald den Hund, der zähnefletschend ihren Eingang bewacht. Es wundert mich nicht, dass er an einer Grenze sitzt, und zwar an der zwischen Frankreich und Spanien, etwas südlich von Perpignan: der Ort heißt Cerbère, Zerberus, der Höllenhund. Hier zieht es mich hin, hier, wo die Mittelmeerküste sich in Richtung Marokko und Gibraltar hinunterneigt, in einen Ort, den alle immer nur durchqueren und an dem niemand je hält. In seinem Rücken bauen sich breitschultrig die Pyrenäen auf; vor ihm leuchtet das große, das Himmelsblau trinkende Feld des Meers. Und natürlich: Wie könnte dieses Grenzstädtchen anders als trostlos sein, wobei es wahrscheinlich schwer zu sagen ist, ob die Trostlosigkeit größer ist während oder außerhalb der Reisesaison. Nach dieser Trostlosigkeit aber, nach diesem Eingeklemmtsein zwischen Berg und Meer, zwischen Aufragendem und Flachem, Trockenem und Nassem, nach diesem Tor zur Unterwelt verlangt es mich. Was ich dort zu finden hoffe, weiß ich nicht, und wüßte ich es, würde es mich wohl nicht dorthin verlangen. Diesen pyrenäischen Höllenhund aber, soviel weiß ich, möchte ich einmal bei Vollmond heulen hören.

Noch immer liegt unter mir der Zerrspiegel des Sees; faulig wehen seine Ausdünstungen in meine unbewachte Höhle hinein. Es wird Nacht und Tag und Nacht und Tag und Nacht und Tag, bis es nur noch Nacht wird. Trübgelbes Licht funzelt von den Decken der langen Säle. Die Tiere bewegen sich mit der apathischen Trägheit, die zu ihren großen Leibern passt. Was sich hier um mich herumgebaut hat, ist anscheinend ein Mittelding zwischen Naturkunde-Museum und Zoo; eine Art erster, vorzeitlicher Zoo, dessen Insassen kleine Saurier sind und große Echsen, lebende Zeugnisse einer lange untergegangenen Welt. Im Museumszoo vegetieren sie alle unter den aufgerissenen Augen der Aufseher vor sich hin. Den Aufsehern ist das Konzept des Zoos fremd; sie beobachten die ihnen anvertrauten Lebewesen, ohne zu begreifen, dass sie selbst hier auch nichts weiter als Eingesperrte sind. Sie füttern die Tiere und füllen ihre Wassertröge, und die Tiere verweigern die Nahrungsaufnahme nicht. Dennoch beginnt nach einiger Zeit ein Faulungsprozess, der nicht mehr aufzuhalten ist. Den Echsen verwelkt die ohnehin schlaffe Haut zu einem dunkelgrünen, schlammigen Rest. Den Sauriern tropft das Fleisch von den Knochen und vermengt sich mit dem Stroh und den liegengebliebenen Exkrementen zu einer gärenden, helle Blasen aufwerfenden Isolierungsschicht. Ohnmächtig und ängstlich erleben die Wärter, wie ihnen die Tiere unter den Händen zerfallen. Die Tiere aber sterben nicht. Je weiter sie sich zersetzen, umso aggressiver werden sie. Nun stürmen sie mit wehenden Hautlappen durch die von ihren schrillen Schreien hallenden Säle und werfen sich klatschend gegen die morschen Gitter und Türen.

Ich bin im Lager der Wärter.

Bald werden die Tiere die Einfriedungen durchbrochen haben.

Und es wird Tag und es wird Nacht und es wird Tag und es wird Nacht. Mit beiden Füßen stehe ich fest auf dem Boden, und so stünde ich unumstößlich wie eine Marmorstatue, wäre der Boden nicht solch ein lockerer Humus. Mit jedem Schritt tritt man die Toten fester in die Erde, bis man dann selbst von anderen festgetreten wird. Bei stetig wachsenden Bevölkerungszahlen gewinnt demnach proportional der Erdball an Umfang, die Lebenden stampfen die Toten zu einem begehbaren Boden, und Schicht für Schicht bildet sich eine immer schwerer werdende, aus diesem Weltall wahrscheinlich bald herausfallende Erdkugel heran.

Das Weltall mißt dem Planeten Erde ungefähr soviel Bedeutung zu wie wir einer einzelnen Körperzelle. Es dehnt sich und dehnt sich, wie nach langem, tiefem Schlaf, stumm streckt es seine glitzernden Glieder bis in die hintersten Ecken dessen, was nach dem Weltall kommt, falls danach noch etwas kommt – falls nach dem Unendlichen eine neue Unendlichkeit beginnt.

Das Weltall ist ein Kind, das ausprobiert, wie weit es gehen kann. Sein Bedürfnis nach Grenzen lässt es immer weiter vorwärtsdringen, doch seine antiautoritär gesinnten Eltern haben ihm einfach nie Grenzen gesetzt und nie eine geknallt, nur einmal, ganz zu Anfang, aber dieser Urknall hatte nicht den erwünschten Effekt.

Wenn ich an das Weltall denke, ernsthaft, ohne Albernheit, wenn ich mich vergeblich anstrenge, zu denken, was zu denken ich nicht imstande bin, wenn ich nachts die Augen auf den Sternenhimmel richte und mich von dem stillen Funkeln der Gestirne hypnotisieren lasse, wenn ich mich in diesen Weiten verliere wie in einem mir unverständlichen, für andere, Klügere geschriebenen Buch, so ereignet sich manchmal in meinem Kopf ein innerer Urknall, bei dem alles bisher Gewusste und Vertraute in Scherben springt, Scherben, die auseinanderdriften und auch später nie mehr zusammengefügt und angeglichen werden können. Vielleicht würde einem das Schwindelgefühl ja vergehen, wenn man von sich selbst beim Denken und Imaginieren einmal absehen könnte? Die Unmöglichkeit besteht vielleicht nicht darin, »Unendlichkeit« oder »Ewigkeit« zu denken, sondern gleichzeitig immer »Ich« denken zu müssen. Wer in den großen Worten heimisch werden möchte, müsste zuvor aus seinem Bewusstsein herausschlüpfen und die schwächere Hälfte des Unvereinbaren in sich abtöten.

Gedanken führen zu nichts, das ist das Schöne an ihnen. Man gibt sich ihnen hin, sie geben sich einem hin, man spielt mit ihnen, sie lassen einen nicht mehr los und bilden einen Fluss, an dessen Ufern man gerne spazierengeht, man sammelt sie, man wird sie nicht los, man trägt sich mit ihnen (wer sie trägt, trägt zugleich sich selbst), man kommt auf sie, manche von ihnen sind schwarz, denen hängt man nach. Weiße oder rote oder blaue Gedanken gibt es nicht, nur schwarze oder farblose, Gedanken, in denen man liest, die man nicht zusammenhalten kann, die man nicht los wird, in denen man versinkt. Daneben gibt es *den* Gedanken, den klaren, den quellwasser- oder schnapsklaren, den man eines Tages fasst. Genau wie die vorherigen führt er zu nichts. Frei sind sie alle nicht, aber wer könnte das schon von sich sagen. In ihrem knöchernen Käfig drehen sie sich im Kreise, und in diesem Reigen tanze ich gerne eine Weile mit.

Dann wieder erbitte ich mir eine Gnadenpause, in der die Gedanken alleine vor sich hin tapsen und mich, sei es auch nur für kurze Zeit, mit ihrem Gerassel und Geknackse verschonen. In solchen Momenten schalte ich den Bildabsonderer ein. Der Bildabsonderer liefert mir einen Krimi über das Kinderporno-Videogeschäft, den ich schon einmal gesehen habe, unterbrochen von Werbung, die ich auch schon einmal gesehen habe. Erstaunlicherweise habe ich den Dokumentarfilm über eine russische Gefängnisinsel voller zu lebenslänglicher Haft Verurteilter, zu dem ich umschalte, um die Werbung zu umgehen, auch schon einmal gesehen, so dass ich mir einen kurzen Moment lang nicht sicher bin, ob ich nicht diesen ganzen Tag genau so, wie er war und noch ist, schon einmal erlebt habe, ein Déjà-vu-Effekt, der nicht auf Täuschung beruht, sondern auf Wirklichkeit, sofern die Wirklichkeit nicht ebenfalls auf Täuschung beruht. Eine Wirklichkeit jedenfalls, die einem in mehrfacher Ausführung geliefert wird – falls man der einen keinen Glauben schenken konnte, bekommt man noch eine zweite, absolut identische, obendrauf, und so fort, bis man endlich keinen Widerstand mehr leistet und so tut, als habe man den Bissen geschluckt, und als sei man nun endgültig zu der Partei der Realitätsmenschen gestoßen.

Natürlich gibt es sie, wer (außer mir gelegentlich) wollte es ernsthaft leugnen? Mit dem Gedanken einer nichtexistenten Wirklichkeit spielen viele, doch bei der ersten Bananenschale, auf der sie dahinschlittern, beim ersten Rosenzweig, der seine Dornen tief in ihr Fleisch bohrt, bei der ersten Mädchenhand, die über ihre nackte Schulter streicht, fallen alle Zweifel in sich zusammen und werden selbst schon fast greifbare Wirklichkeit, wie sie da zum Häuflein gekehrt am Boden liegen und bereits niemanden mehr wirklich interessieren.

Es gibt sie also schon, die Wirklichkeit, nur ist sie wohl viel umfangreicher, als häufig angenommen wird, umfangreicher als das Universum selbst, denn in unseren Köpfen erfährt sie Ausdehnungen ungeahnten Ausmaßes. Alles Angenommene, Fabulierte, Imaginierte vergrößert die Wirklichkeit um ein Vielfaches und hüllt sie ein wie eine ungeheuere, nicht ganz ungefährliche Dunstglocke. Die Wirklichkeit besteht zum größeren Teil aus Unwirklichem. Inmitten dieser Unwirklichkeit wächst plötzlich ein Haselnussbaum, oder eine Dampfwalze rollt gleichmütig durch eine überschaubare Welt. Dann öffnet sich ein Kopf (Augen, Ohren, Mund und Nase stehen dem Wirklichkeitsvertilger als Trichter allzeit zur Verfügung) und saugt die Dampfwalze in sich hinein. Dort lebt sie weiter in Gesellschaft von Pflanzen, Tieren, Maschinen und Menschen, nur dass sie kein Benzin mehr verbraucht und auch sonst für ihre Umwelt keine Belastung darstellt. Ungefragt walzt sie den Gedankenteig aus, bis er so dünn ist wie Pergament und beschrieben werden kann.

Ich schreibe: Zerberus, Höllenhund, bald bewachst du auch mich. Am liebsten begäbe ich mich gleich auf die Reise, sei es auf dem Wasser-, auf dem Land- oder auf dem Luftweg. In einiger Entfernung höre ich meine Mutter rudern, aber bis zu meinem kleinen Mittelmeerhafen an der spanischen Grenze zieht es sie nicht. Langsam und regelmäßig zieht sie das Ruder an sich, das keineswegs einem Ruder gleicht, sondern aus einem schwarzen, an einem Riemen befestigten Plastikstab besteht, den man mit beiden Händen an die Brust zieht und wieder zurückschnurren lässt, während man gleichzeitig die Beine durchdrückt und einatmet. Das Gesäß rutscht dabei auf einer Schiene vor und zurück, vor und zurück, die Landschaft, die an einem vorbeigleitet, ist immer die gleiche, eine Schlafzimmerlandschaft mit Einbauschrank, Gardine und Topfpflanze. So rudert man sich durchs Leben und stellt mit einem Knopfdruck ein, wie anstrengend man es haben will. Meine Mutter will es nicht sehr anstrengend haben, weil sie auf dem Festland schon genug Anstrengungen zu bewältigen hat. Für mich kann es nicht anstrengend genug sein, weil ich gerne meinen Körper spüre, wie er ächzt und schmerzt und seine ganze Kraft einsetzt, um die Müdigkeit des Geistes einzuholen und wie dieser immer wieder am Ausgangspunkt anzugelangen.

Das trockene Rudergeräusch hat aufgehört, stattdessen läuft nun gleich hinter meinem Kopf das Duschwasser an der anderen Seite der Wand entlang und bis in mein Denkgewebe hinein, als säße ich mit meinem Schreibblock am Fuße eines Wasserfalles und ließe den ganzen Gedankenschlick einfach zerstäuben und fortschwemmen, bis nichts mehr davon da ist und alles noch einmal von neuem begonnen werden kann.

Im Hintergrund bellt Zerberus, der Höllenhund: In seiner Stadt hat er etwas vergraben, was nur ich ans Tageslicht befördern kann. Langsam soll der Zug fahren, der mich durch ganz Frankreich transportieren soll, damit ich Zeit habe, alles zu vergessen, was ich je wusste, und die kümmerliche Sicherheit, die mir dieses Wissen gibt, zu verlieren. Möglichst dumm und möglichst wach soll ich am Höllenort ankommen und den Weg finden zu dem mir gestellten Rätsel und schließlich zu dessen Lösung oder wenigstens zu einem Satz oder Wort oder Buchstaben, zu einem Gegenstand oder zu einem Menschen, in dem ich eine mögliche Lösung erkennen kann. So spricht Zerberus, der Höllenhund.

Die Nacht bricht auf wie eine reife, süße Frucht, doch in ihrem Inneren blitzen die Reißzähne des Hundes. Wer hier vertrauensvoll seinen Kopf hineinschiebt, setzt einen Fuß ins andere Land, lässt die Wirklichkeit hinter sich mit ihren altvertrauten Neubauten und ihren wie neuen Altstädten und wagt sich vor in das sagenumwobene, spärlich erforschte Gebiet der Einbildung. Dort angekommen, erwartet ihn gleich die erste Überraschung: Die hier Ansässigen halten die Wirklichkeit für die Hölle und Zerberus für deren Wächter. All ihre Anstrengungen zielen darauf hin, so spät wie möglich dort hinüberzugelangen; aber früher oder später muss jeder auf die andere Seite überwechseln, heißt es. Sie sehen in dieser Wende einen tragischen Schlusspunkt und nennen ihn: der Wirklichkeit ins Auge sehen. Um diesen gefürchteten Augenblick so lange wie möglich hinauszuschieben oder auszublenden, kehren sie ihr Leben lang der Grenze und dem Grenzbewacher den Rücken zu. Zerberus blickt in das Land der Fantasie wie in ein Gemälde von Caspar David Friedrich: Er nennt es das Land der Abgewandten. Was die Abgewandten sehen, steht vor ihrem inneren Auge, was sie hören, dringt in ihr inneres Ohr, was sie riechen, strömt in ihre innere Nase. Die Abgewandten kennen kein Außen, weil sie das Außen ungesehen und ungehört in ein Innen verwandeln, als das es dann aufblüht und wundersame Formen annimmt, wie man es ja von Phantasiegespinsten nicht anders erwartet. Ergreift ein Abgewandter etwa einen Löffel, so ergreift er keineswegs einen Löffel, sondern einen zum besseren Hören geeigneten Ohr-nach-vorne-Bieger, dessen er sich bedient, um beispielsweise dem Geräusch der aneinanderschabenden Wolken zu lauschen, wenn der Wind sie durcheinanderpustet. Erblickt ein Abgewandter einen anderen, so hält er ihn für sich selbst und lächelt ihm freundlich zu oder schaut ihn grimmig an, je nachdem, wie er sich gerade gesonnen ist. Der Abgewandte kann manchmal gefährlich werden; auch sich selbst greift er mitunter aus heiterem Himmel an und erdolcht sich oder schneidet sich in feine Blätter Papier, aus denen er ein trauriges oder erquickliches Buch bindet. Wie oft er sich auch immer abwendet, am Ende steht der Abgewandte immer vor sich selbst, vor seinem inneren Wildwuchs, dessen lianenartiges Gewächs ihm langsam den inneren Hals zuschnürt. Fällt er dann tot um, kommt Zerberus angesprungen, packt den endgültig Abgewandten am Genick und schleift ihn über die Grenze, wo er in reicher, schwerer Erde, in angemessener Entfernung zum Land der Wirklichkeit, diesem aber unter der feuchten Erdschicht für immer zugewandt, begraben wird. Die Abgewandten, hätten sie es zu entscheiden, zögen es vor, ihrer Lebenseinstellung gemäß, also bäuchlings beerdigt zu werden, aber im Land der Wirklichkeitsmenschen schert sich keiner um derlei Extrawürste, da sucht man nach einem notariell abgestempelten sogenannten »letzten« Willen, und wenn man den nicht findet oder wenn dort nicht ausdrücklich der Wunsch nach Bauchbestattung geäußert wurde (es liegt ja im Wesen der Abgewandtheit, dass sie alle materiellen Einzelheiten vernachlässigt und von sich schiebt), dann wird der Tote auf den Rücken gelegt, wie er schon immer gelegen hat und auch immer liegen wird. So geht im Land der Wirklichkeit alles seinen von jeher geregelten Gang. Eine Wahl hat man als Zugezogener meistens nicht, weil sich der Wirklichkeitsmensch etwas anderes, als was er kennt und gesehen und am eigenen Leib verspürt hat, nicht vorstellen kann.

Zerberus steht an der Grenze und wedelt freudig mit

dem Schwanz. Die Wirklichkeitsmenschen geben ihm Whiskas, die Abgewandten werfen ihm über die Schulter allerlei kurioses Spielzeug und kaubares oder unkaubares Besänftigungsmaterial hin: fliegende Tassen auf der Suche nach ihrem Unterteil (zum Teil schon seit Jahren unterwegs), Hasenohren aus Lammschulter, eine Mäusefalle, in die aus Versehen ein Drache hineingestolpert ist, alte Streicheldegen, die Spice Girls, Holzeier zum Sockenstoppfen, eine Pfandflasche Muttermilch und ein Medusenhaupt aus Meißner Porzellan, das leider von Zerberus nicht rechtzeitig aufgefangen wird und in tausend winzige Scherben zerspringt, eine schrecklicher als die andere, so dass im Umkreis von zehn Metern um den Grenzübergang herum sogar die Ameisen zu Stein erstarren.

Wenn er sich satt gegessen hat, ringelt Zerberus seinen Schwanz ein und legt sich schlafen. Während er ruht, kann die Grenze ohne Behinderung und Kontrolle überquert werden, aber sobald er die Augen aufschlägt, ist jeder Grenzgänger wieder an seinen Ausgangspunkt zurückverpflanzt, als habe er sich nie auf den Weg gemacht. Denn damit der Übergang gültig ist, muss der Reisende dem Höllenhund ins Auge gesehen haben. Das hat allerdings nichts Furchterregendes, im Gegenteil, Zerberus' Augen schauen dem Reisenden offen und ermutigend ins Angesicht.

Die Wirklichkeit hat gelbe Hosen an. Dennoch sehen sie auch unter den Nicht-Abgewandten, Mit-offenen-

Augen-durch-die-Welt-Gehenden, nur die wenigsten. Ich selbst habe sie manchmal, sehr selten, erkannt, wenn es mir gelang, den Blick auf ein mir vor die Füße gewehtes Blatt zu richten oder auf einen zitternden Lichtfleck auf der weißen Tischdecke, und dabei selbst nichts als Lichtfleck zu sein, oder Blatt. In diesen Sekunden habe ich Wirklichkeit erhascht, bald als einzelnen, winzigen Ausschnitt, bald als gigantisches, erstaunlicherweise für mein Auge gerade fassbares Gefüge, dessen Betrachter und Teil ich war, als wäre ich abgebildet im Vordergrund eines Landschaftsgemäldes und sähe mich gleichzeitig unter dessen hohem Himmel und bauschigen Wolken stehen. Wenn ich den Arm ausstreckte, stand ein schwarzer Balken im Bild, das nun wie durchgestrichen wirkte, und schon hatte ich der Wirklichkeit wieder einen Strich durch die Rechnung gemacht und war ganz aus ihr heraus und in meine kleinen Spielchen zurückgeglitten, in denen die Sprache immer die Wirklichkeit verdrängt und ausbootet, bis diese plötzlich ohne Vorwarnung über alle Berge ist und mich mit den Worten alleine lässt.

So stehe ich dann auf einsamer Flur; um mich herum Tausende von Worten, vielsagende und banale, aufwieglerische und zahme, gewichtige und leere, sinnlose und bedeutungsschwere. Ich sehe sie an und weiß kaum noch, wozu sie dienen, wie sie sich sinnvollerweise aneinanderketten lassen, ich bin allein mit einer Horde Fremder, die mich anstarren, als erwarteten sie irgendeine Art der Unterhaltung oder Abwechslung von mir, aber ich kann ihnen nichts dergleichen bieten. Von Worten umzingelt, stehe ich da, mit dem Rücken zum Abgrund, und plötzlich bahnt sich Zerberus einen Weg durch die Menge, er bellt mich an, springt an mir hoch, ohne dass es mir erkennbar wäre, ob vor Freude oder Wut. Wenn er sich auf den Hinterpfoten aufrichtet, überragt er mich um Haupteslänge, ich kippe hintenüber in den überquellenden Wortschatz hinein, gehe unter, ertrinke, erfreue mich meines Daseins (Dortseins). Zerberus springt mir hinterher, um mich zu retten oder mir den Rest zu geben, wir balgen eine Weile freundschaftlich um Leben und Tod. Ich umhalse den Hund wie einen struppigen Liebhaber; Bedeutungen fließen als warme Strömungen unter uns hinweg.

Schließlich steigen wir zusammen aus dem Wortfluss heraus und schütteln uns das Wasser aus dem Fell: So entsteht ein gutes Buch, das auch Generationen später noch in Klarsichtfolie eingepackt in den Schulranzen liegt. Die Klarsichtfolie sorgt für den nötigen Weitblick; ihr ist es zu verdanken, wenn der Schreibende hin und wieder den Kopf von dem Geschriebenen hebt und über das Ende der Seite und den eigenen Hirnschalenrand hinaussieht, wo Bäume wie lange Bretter in der Landschaft stehen. In die Mitte der Stämme hat der Wind senkrecht weiße Streifen gemalt, angewehter Schnee, der nur auf einer Baumseite haftengeblieben ist. So sieht also der Winter aus: eine Verzierung? Eine Markierung?

Eine Schrittfederung, eine Blendung, ein gnädiges In-Schweigen-Hüllen der Welt. Auf dem Weg Eiswasserpfützen, Spuren von Mensch und Tier. Hunde drücken die vier mal fünf kleinen Polster ihrer Pfoten in das weiße Stempelkissen; ihr Urin brennt gelbe Löcher in die makellose Schneedecke. In den Baumkronen hängt zäher Nebel, als sei eine dicke Wolke nach langem Ringen plötzlich der Schwerkraft unterlegen und hier über diesem Wald, in die zum Himmel ausgestreckten, nackten, spitzen Äste wie in ein Nadelkissen abgestürzt. Da hängt sie nun und regt sich nicht, die Vögel sitzen am Boden und ziehen an übriggebliebenen Grashalmen, Stare fliegen auf, in einem Busch ist eine Blaumeise zugange; lauter unruhige, zarte, unauffällige Wunder.

Am Horizont steht die Reise, sie geht aus vom nördlichen Sommer und führt in den südlichen Winter; für das, was ich vorhabe (aber was habe ich vor?), sind das die besten Bedingungen. Am Horizont steht die Reise, sie führt fast bis an Walter Benjamins Grab. Auf der Karte ist zu sehen: Wer Cerbère durchquert und die Küstenstraße noch ein Stück, über die spanische Grenze hinaus, weiterfährt, kommt nach Port Bou. Auch wenn der Tod auf beiden Seiten wohnt: Diese Grenze ist für immer die zwischen Leben und Tod, zwischen Lebenwollen und Aufgeben, zwischen Flucht nach vorne und endgültigem Innehalten. Cerbère liegt kurz davor. Cerbère ist eine kleine Vorhölle, die mich nun schon lange lockt und nicht wieder loslässt, ein Ort, an dem es ins Andere weitergeht, wo der Reisende an einem Ende angelangt ist und sich selbst als einem Unbekannten gegenübersteht.

Es gibt ja kein Fortgehen außerhalb des Sterbens; nur ein Hinübersehen, ein In-sich-Hinein- und Aus-sich-Hinausdenken, das doch immer wieder im Eigenen steckenbleibt. Und während man einerseits aus sich selbst nicht herauskann, hat man sich andererseits, solange man offenen Auges durch die Welt läuft, ständig im Blick. Nur in einigen wenigen Körperhaltungen (etwa im Liegen und beim Kopf-in-den-Nacken-Legen) gelingt es einem, sich, wenn nicht ganz, so doch in großen Teilen, aus seinem eigenen Blickfeld zu vertreiben – bis auf die Nasenspitze, die ja stets, was man auch anstellt, ins Bild ragt und dadurch einen Zipfel des zu Sehenden vor einem verbirgt.

Meistens aber sieht man vom eigenen Körper die Hände, die weiß und fremd aus den Ärmeln heraushängen, oft auch Arme und Beine und die untere Hälfte des Rumpfs. Von all dem weiß man nicht nur, dass man es mit sich herumschleppt, man ist auch gezwungen, es tagaus tagein, wenn nicht zu betrachten, so doch, sei es auf indirekte Weise, wahrzunehmen, was einem die Illusion gibt, aus sich heraustreten und sich von außen beäugen zu können. Hätte die Natur uns die Augen wie den Fischen auf einen gewölbten, extremitätenlosen Leib gesetzt, wäre unsere Sicht der Dinge unseren geistigen Möglichkeiten angemessener gewesen. Statt dessen sehen wir beim Gehen immer wieder unsere Arme ins Bild schlenkern und, je nach Kopfhaltung, auch die langen Beinzylinder und deren nach vorne abgewinkelte Endungen in gleichmäßigem Takt ihre gedankenlosen Striche in die Landschaft setzen.

Doch auch von den für einen selbst unsichtbaren Körperteilen trägt man ein Bild durch die Welt, und aus dem Sichtbaren und dem Unsichtbaren, Erahnten, mit Hilfe von Spiegeln und Schaufensterscheiben manchmal ins Blickfeld Gezauberten fügt man eine Person zusammen, deren Erscheinung und Ausdehnung man, auch ohne daran zu denken, stets in jenem Kopf hat, den man sich ja sonst ständig anrennen würde, genau wie man im Kopf ein Bild der Stadt besitzt, in der man lebt, und der Erde, an der man mit magnetischen Kräften haftet, fest genug, um sich nicht auf Dauer davon entfernen, und lose genug, um sich auf ihrer Oberfläche hin und her bewegen zu können. Wie auch bei dem Versuch, uns fremde, von uns getrennte Erscheinungsformen der Welt vor Augen zu führen, irren wir uns häufig bei der geistigen Blitzlichtaufnahme des eigenen Körpers. (Wenngleich sich wohl noch niemand den eigenen Leib, wie die Erde, als Scheibe vorgestellt hat.) Aber was heißt schon irren. Wie eine dicke, sich nie entpuppende Raupe sitzt man sich selbst im Kopf und saugt Helligkeit und Farbe, Konturen und Bewegung in sich hinein.

Gestern noch fraß sich diese Raupe durch den Sommer, seine weiche, federnde Erde und seine grashüpfenden Wiesen. Heute frisst sie sich durch den Winter und seine blendenden Verästelungen. Im Winter bleibt der Wald wie angewurzelt stehen, könnte man sagen, wäre er nicht tatsächlich im Boden verwurzelt. Jede Unebenheit, jedes Relief, jedes Spinnenfädchen hat der Schnee sichtbar gemacht, jedes Ästchen ist weiß überstrichen, lauter winzige Kleinigkeiten sind zum Vorschein gekommen, die das Jahr über verborgen geblieben waren. Ein Baum ist nicht länger ein seitlich von ein paar Ästen verlängerter Stamm, sondern Hunderte zarter Gelenke und strichbreiter weißer, in den grauen Himmel gestickter Äderchen, überhaupt ist der ganze Wald in eine einzige feine Nadelarbeit verwandelt, ein sorgfältig angefertigtes, sauberes Häkeldeckchen, wie man sie sonst nur noch in Großmutters Wäscheschrank oder auf Flohmärkten findet.

Ich breche auf. Die Reise führt durch ein blassblaues, unbewohntes Märchenland, welches die nahende, aber noch unsichtbare Sonne mit einem hellen Firnis überzieht. Wie ockerfarbene Wackersteine, die niemand aufgelesen hat, liegen die leblosen Gehöfte auf Feldern aus Quarz oder Kristall. Mit dem Reif schwindet der Norden; bald strecken knorzige Weinreben ihre Arme in die milde Luft. Über dem Wasser stehen wie dekorative Gartenfiguren Flamingos: zartrosafarbene, plüschige Kissen, aufgespießt auf die dünne Nadel des Beins.

Vieles an dem Vorüberfliegenden glaubt man zu kennen, aber natürlich kennt man es nicht.

Zerberus empfängt mich mit aufgestellten Ohren, in deren rosa Muscheln ganz leise, wie in weiter Ferne, das Mittelmeer rauscht. Von dieser sanften Brandung lasse ich mich mühelos einschläfern und umso leichter von meinem Weg abbringen, als ich diesen nicht kenne und es ihn vielleicht gar nicht gibt. Einstweilen wandere ich der Sonne entgegen, die mich durchleuchtet wie mit Röntgenstrahlen und keine Gedankenfalte, keine Traumnische im Dunkeln lässt, dabei alle kleinen, schon viel zu lange von mir wie Augäpfel gehüteten und gehätschelten Geheimnisse aus mir herauswäscht und auf diese Weise Platz macht für das eine große Geheimnis, dem auf die Spur zu kommen ich ja vor Jahr und Tag hierher, an ebendiesen unscheinbaren Küstenort mit Namen Cerbère, aufgebrochen bin.

Zurück aus den Bergen, betrete ich den Lebensmittelladen und stelle mich wie alle Zerberianer mit leerem Einkaufskorb an der Kasse an. Der Ladenbesitzer schickt uns einen nach dem anderen wieder in die warengesäumten Gänge zurück. Hier laufen wir fünf Minuten auf und ab, doch bald schon stehen wir wieder mit unseren leeren Einkaufskörben und -wagen in der Kassenschlange. Von dort geht es stracks ins Ladeninnere zurück. Alles lockt uns – die bunten Puddings, die eingeschweißte rote Beete, die dicken Blockschokoladenriegel –, lockt uns so sehr, dass es zu keiner Entscheidung kommen kann. Wir sind freundlich: Wozu hätten Sie denn Lust? fragen wir einander, vielleicht zu einer Flasche Kirschsaft, einem Überraschungsei oder zu einer Scheibe Wurst? Wir lächeln einander an. Wir legen dem anderen die Hand auf die Schulter. Dann schieben wir unsere leeren Wagen an der Metzgertheke vorbei in Richtung Kasse.

Ich wohne in einem Zimmer mit vergitterten Fenstern. Von meinem Plastikstuhl aus sehe ich, wie die Gitter das Meer in dicke blaue Scheiben schneiden. Am Ende des Kaps von Cerbère steht man, wie überall auf der Welt, zwischen zwei Friedhöfen, zwischen zwei Menschen, zwischen zwei Planeten. Das Meer passt nicht in mein Blickfeld hinein und läuft rechts und links über; das salzige Wasser, das mir aus dem Blick rinnt, halte ich zunächst für Tränen. Das Telefon lasse ich lange klingeln im Haus meines Vaters, aber er ist gerade mit Sterben beschäftigt und hebt nicht ab. Gefolgt von einem Hund, der bis vor kurzem noch ein rein mythologischer war, stolpere ich durchs Geröll über die Grenze und lege ein Steinchen auf einen Grabstein, unter dem keine Knochen liegen, jedenfalls nicht die zu dem eingemeißelten Namen gehörigen. Mein Vater hat sich mit dem Sterben etwas übernommen und erholt sich langsam wieder. Wer den Toten besuchen kommt, der unter keinem Grabstein liegt, wird angewiesen, durch ein eckiges Rohr ins Meer zu schauen, wo er im Zerrspiegel des Wassers zu manchen Tageszeiten zu sehen sein soll.

Die Sprache ist meine Helfershelferin und Komplizin, wenn es darum geht, mir die Wirklichkeit vom Leib zu halten und wie aus einem die Erde in lockeren Kreisen umgarnenden Raumschiff auf sie hinunterzusehen und bei Gelegenheit auch -zuspucken. Aus dieser Entfernung ist mein Vater nicht einmal mehr ein Strichmännchen, sondern gerade noch ein Punkt; mit seiner Frau zusammen, ein wandelnder, gutbürgerlicher Doppelpunkt. Die Sprache ist die Linse, die alle Gefühlsknoten löst, alle Familienbande entzerrt und die durch sie Gebundenen Lichtjahre auseinanderrückt. Zugleich ist sie die Lupe, die schamlos jede väterliche Bartstoppel, jede als Kind vergossene Träne ins Rampenlicht zu stellen bereit ist. In den meisten Büchern allerdings schaut man durch sie hindurch wie durch schlecht geputztes Fensterglas.

Die Reise nach Cerbère: Sie führt mich bis an die Pforte des Todes, wo die Sprache weder Linse noch Lupe mehr ist, sondern ins Stottern kommt und ins Nachbuchstabieren und schließlich schweigt. Wie riesige, düstere Schutthalden stehen hinter mir die Pyrenäen in der Luft. Im Tal führen Dutzende von Gleisen in den Berg, ›Sesam öffne dich‹ sprechen die Lokführer, aber der Berg öffnet sich nicht. Wer hier mit der Nase zur Felswand steht, kann wohl stehen, bis die Kontinentalverschiebung die Erdmassen auseinanderrückt.

Dem von hinten auf den Ort Blickenden wird dieser nun sichtbar als eine breite, vielgleisige Sackgasse, in die Landschaft gesetzt wie ein gewaltiger Schlusspunkt, wenn alles gesagt und nichts hinzuzufügen ist.

Noch habe ich die Stimme des Vaters im Ohr, und im Auge, wie alle Nicht-jung-Gestorbenen, den Dorn der Kindheit, der im Laufe des Lebens Wurzeln schlägt und gedeiht. Auf einem Grat wandere ich dicht unter den Wolken einmal um Zerberus herum und stütze mich dabei auf wenige wie Baldachinpfosten die schwere Erinnerungsdecke stützende Pfähle.

Der Tod steckt in den Monaten und in den Jahren, in den Gräsern und in den Wellen des Meeres. Jedesmal, wenn ich die Augen in einen nachtklaren Himmel hebe, denke ich an die vielen Toten unter den Gestirnen, deren Licht uns erst erreicht, wenn sie schon lange erloschen sind. Alles Gesehene wird von meinen Pupillen verschluckt mit einiger Verspätung. Manchmal ist diese Verspätung so groß, dass sie die Lebensdauer des Wahrgenommenen überschreitet, aber im Grunde gilt immer und überall dasselbe Gesetz: Alles, was ich sehe, gibt es bereits nicht mehr; das Lächeln meines Gegenübers ist schon ein anderes, wenn es nicht gar in ein Weinen oder in eine hilflose Grimasse übergegangen ist; die Möwe fliegt nicht mehr da, wo ich sie sehe; die Wolke, die als Hase in meinem Auge ankommt, hat der Wind längst schon zum Igel umgebürstet. Ist die Stimme des Vaters, wenn sie in mein Ohr gelangt, noch lebendig?

Erschüttert von dieser Pendelbewegung zwischen Geburt und Tod, krallen die Wahrnehmungsorgane sich in Illusionen. Ohne es wahrhaben zu wollen, leben sie in der Vergangenheit, und diese festzuhalten und zu belegen haben sie sich geschworen. Dem Engel der Geschichte gleich, kehren sie der Zukunft den Rücken und starren angestrengt in die Vergangenheit, deren Drängen und Stoßen sie sich nicht zu widersetzen vermögen.

Die Wahrnehmungsorgane verdanken ihren Namen der Tatsache, dass sie alles, was in ihren Zugriffsradius gerät, für bare Münze nehmen. Sie merken nicht, wie sie sich ständig betrügen und verulken lassen, wie sie immer und überall einer einzigen großen Lüge aufsitzen und aufsehen und aufriechen, hinter der sich unzählige kleinere Einzellügen verbergen. Die Zerberianer kehren der Wirklichkeitssonne den Rücken zu und streifen ihr Lebtag lang durch unterirdische Gänge, an deren Ende sie das Meer wie durch ein Fernrohr aufblitzen und Schaumkronen schlagen sehen.

Jedem Neuankömmling läuft in Cerbère sofort ein Hund zu, der für die Dauer seines Aufenthalts ständig ein paar Schritte vor ihm herläuft und sich manchmal zu ihm umdreht. Auf der Straße oder auf dem Dorfplatz oder am Strand sieht man niemanden, der nicht in Begleitung eines Hundes wäre. An der Theke des einzigen Cafés wachsen die Männer aus den buschigen Knäueln der zu ihren Füßen zusammengerollten Gefährten. Menschen und Tiere ähneln sich hier, wie überall auf der Welt, nur in höherem Grad. Jeder in Cerbère sich Bewegende besitzt einen tierischen Doppelgänger, der augenblicklich seine Gesten und Worte in Hundegesten und Hundelaute übersetzt. Im Laufe ihres Lebens gleichen sich die Zerberianer und ihre Hunde immer mehr an, bis jeder allmählich die Identität des anderen annimmt. Am Ende ihres Lebens stirbt der Hund als Mensch und der Mensch als Hund.

Alle Hunde hören auf den Namen Zerberus.

Zwischen Zerberus und den Vater, zwischen den an der Grenze begrabenen Übervater und mich, zwischen Schlaganfall und Morphium, zwischen Meer und Berg schieben sich Worte über Worte und verhindern, dass das Eigentliche zur Sprache kommt; also muss die Sprache zum Eigentlichen kommen und es aus seinem Versteck locken, und diesem Versteck, das spüre ich, bin ich in diesem Grenzort ganz nah, der zugleich der banalste Ort der Welt ist, ein Name auf der Landkarte, ein Bahnhofsschild, ein zu überwindendes Hindernis auf-der-Fahrt-nach. Das Eigentliche, so, wie ich es mir vorstelle, ist ein nicht zu fassendes, bestenfalls zu umkreisendes Gebilde, es ist der Brennpunkt, an dem sich Worte, Wirklichkeit und Imagination treffen, und mit dessen Hilfe man, gelänge es, sich ihm zu nähern, ein beachtliches Loch in jegliche Gewissheit brennen könnte.

Indessen geht die Sonne unter wie überall jetzt am

Mittelmeer, nur ist der rote Ball schon lange davongerollt, besser, er hat sich am späten Nachmittag im Himmel aufgelöst wie eine Brausetablette im Wasserglas und hat den Hintergrund der schwarzen Bergsilhouetten orange gefärbt. Das Meer liegt still wie ein schlafendes Tier, alle Nackenhaare angelegt, alle Gemütsregungen verflogen, viel Krapplack, nichts als Krapplack, würde meine Freundin Pia sagen, um die dominierende Farbe des Wassers zu benennen, doch so, wie sie es sagt, bedeutet Krapplack für mich so viel wie Bockmist oder Schrott, oder es ist der Name einer gewöhnlichen Kletterpflanze, wenn die Worte denn bezeichneten, wonach sie klingen.

Cerbère liegt zu dieser Stunde schon lange im Schatten, die Berge schlucken früh das Licht, und was sie nicht geschluckt haben, schlucke ich. Hier ist das Schattenland, hier herrscht die Schattenzeit, und an diesem Schatten hoffte Benjamin, für die kurze Dauer seines Aufenthalts Anteil zu haben, denn auch für ihn war diese Gegend nur eine notwendige Etappe, ein Auf-dem-Weg-nach, bis er sich in das Schattenland als sein Reiseziel und seine Endstation ergab. Noch vor Morgengrauen brach er auf, als einziges Gepäck eine Aktentasche und in der Aktentasche ein Manuskript. Das Manuskript schleppte er über die Berge, und so verschwand es und wurde ein Schattenmanuskript. Cerbère lag nicht auf seinem Weg, er brach, um keinen Verdacht zu erregen, im Nachbarort Banyuls auf, und schlug sich von dort aus direkt in die Berge. Ich gehe den Weg, den er genommen hat, nicht nach, obwohl ich eine Karte besitze, auf der er eingezeichnet ist, wahrscheinlich ist es heute ein Pilgerweg, auf dem die Eingeweihten aller Länder im, aber nicht in den Schatten schlendern oder wandern, womöglich rammen die hochstirnigen Pilger ihre modernen, wie Skistöcke anmutenden Leichtmetall-Wanderstöcke in die vertrocknete Erde, und einmal am leeren Grab angelangt, legen sie wie ich einen Kiesel auf den Grabstein und gehen nach getaner Intellektuellenpflicht ein spanisches Bier trinken.

Nachts ist der Himmel näher als am Tag. Wenn endlich alles ruhig ist, höre ich in meinem Hirn die Worte platzen, langsam und schillernd schweben sie heran, jedes leuchtet sich selbst den Weg, und wenn sie nah genug sind und ich sie mit meinen geistigen Fingern ergreife, höre ich sie leise explodieren, wo sie eben noch waren, erscheinen allmählich Bilder und Gerüche und Töne und Farben, die mich ungeordnet durchwandern und durchwühlen und untergraben, und in diesem Klang- und Bilderchaos sind die Worte als wildverstreute Taktstriche und unauffällige Umgrenzungen kurioserweise wieder enthalten und lassen sich in den Mund nehmen und laut oder geräuschlos nachsprechen, so entstehen Gedanken, so webt sich der Satz. Der Gedanke ist bald Blitz, bald mühsames Aneinanderketten und Auseinanderklauben; der Satz ist derselbe Blitz, wenn er in Zeitlupe noch einmal einschlägt und sich zurechtstutzen und künstlich wiederaufladen lässt. Von alldem weiß keiner, wie es wirklich geschieht und ob der Satz tatsächlich den Umweg über den Gedanken nehmen muss. Die Surrealisten zum Beispiel nahmen sich sehr in acht vor dem Gedanken und bemühten sich spielerisch-zwanghaft, ohne ihn auszukommen, was ihnen mitunter auch gelang. Überhaupt traut das Gedicht dem Gedanken nicht über den Weg und versucht, ihn sich so weit wie möglich vom Leibe zu halten; vorsichtig setzt es hin und wieder einen Fuß auf ihn und stößt sich gleich wieder ab.

Ich könnte mein Leben damit verbringen, mir, und damit vielleicht anderen, die Welt zu erklären, indem ich sie in Bilder übersetze; eines Tages wäre dann jede Erscheinung dieser Erde von mir ins Metaphorische gehoben oder gesenkt, jedenfalls übertragen, anderswohin getragen worden, und nun gäbe es alles in zweifacher Ausführung, einmal als Ding und einmal als Vergleich, doch würden die Vergleiche bald ihre Bezugspunkte verlieren und sich verselbständigen, eine parallele Welt würde entstanden sein, in die ich mich jederzeit flüchten könnte, denn um nichts anderes geht es ja doch am Ende: dass man einen Ort hat, wo man jederzeit Zuflucht finden kann. Die parallele Welt würde mit der alten weiterhin über ein Fadengewirr verbunden sein, aber die genauen Zusammenhänge wären in Vergessenheit geraten. Alle Wörter und Begriffe wären dieselben, nur hätten sie andere Zuordnungen; es wäre, als hätte eine mächtige Hand die Dinge und Phänomene samt den dazugehörigen Bezeichnungen genommen und einmal kräftig durcheinandergewürfelt.

In der neuen Welt wäre ich nun mehr oder weniger allein; die Verknüpfungen und Vergleiche, die ich hergestellt haben würde, lägen für andere nicht auf der Hand, weshalb ihnen der Weg zu mir verborgen bliebe. (Übrigens würde zum Ausgleich die konkrete, meist in Vergessenheit geratene Bedeutung der »im übertragenen Sinne« gebrauchten Ausdrücke rehabilitiert und von allem Übertragenen für die nächsten Jahrhunderte erst einmal wieder befreit, so dass, was auf der Hand liegt, tatsächlich auf der Hand läge.) Nur wer meine Bücher gelesen, sich meine Geheimsprache angeeignet und mich in mein »Woandershin« begleitet hätte, könnte sich nach und nach in der parallelen Welt zu Hause fühlen.

Doch was sind das für Hirngespinste, sage ich mir noch im selben Moment, was sind das für fruchtlose, leere Fantasien, es gibt kein Woanders, wohin man fliehen könnte, und gäbe es eines, so wäre es meine, der Schreibenden, schreibend den Dingen und der Sprache auf den Grund und so wenig wie möglich auf den Leim Gehenden, Pflicht, mich keineswegs dorthin zu flüchten, sondern so nah wie möglich an dem zu bleiben, was gemeinhin als »Wirklichkeit« geführt wird und als solche so tut, als könnten ihr die Anführungsstriche, die ich ihr wie Ohrklunker rechts und links anhänge, nichts anhaben. Aber da ist es eben wieder, mein altes Misstrauen dem Wirklichen gegenüber, ohne Anführungsstriche kommt es mir nicht in diesen Satz noch in diese Seite, noch in dieses Buch.

Kaum brüllt Zerberus nach Nahrung, füttere ich ihn mit Wirklichkeit, und was wäre wirklicher als Kranke und Tote?

Ohne Tod keine Wirklichkeit. Birnen, Müllcontainer, Panzerfäuste, Menschenaffen, Tauben, alles kann sie entbehren, sie, die noch an jeder Milbe zu hängen scheint; nur wenn es den Tod nicht gäbe, wäre sie verloren, das wäre ihr Ende, ein Ende ohne Schrecken, aber ein Ende, sie könnte einpacken, und was es da nicht alles einzupacken gäbe, dieses ganze Sortiment von Gegenständen, Erscheinungen und Kreaturen.

Mein Vater stirbt, wird sterben, ist gestorben. Sätze, die in kein Buch und in keinen Mund passen, Verben, konjugierte, die über die Seiten hinausquellen und bald das ganze Zimmer anfüllen, das Zimmer mit dem vergitterten Fenster in Cerbère und alle anderen Zimmer, die ich je bewohnt habe, der Vater stirbt, und auf der anderen Seite des Berges und der Grenze liegen die Knochen des Übervaters verstreut, wenn sie nicht nach über sechzig Jahren längst verfallen sind. Zwischen dem Sterbenden und dem Toten stehe ich und halte ein tragbares Telefon in der Hand, lange läutet es in meinem Ohr über dem Meer. Lange läutet es unter der Erde, lange läutet es im väterlichen Haus am Fluss, und wie es von Toten und Sterbenden nicht anders zu erwarten ist, nimmt niemand ab, aber dieser Kunstgriff wird mir diesmal nichts helfen, weil ich mir den Fluchtweg in die Ironie selber abschneiden werde, und wenn ich dann dastehe mit dem Rücken zur Wand, wird man schon sehen, ob es mir doch wieder gelingt, mich herauszumogeln aus dem Ernst der Situation, oder ob Zerberus mich mit entblößten Zähnen zur Kapitulation zwingt.

Du dachtest wohl, das sei alles nur ein Spiel? Wolltest dir die Einsamkeit austreiben mit noch größerer Einsamkeit und dem Zerberus-Hund an seinem Grenzposten einen Besuch abstatten? Hast wohl nicht erwartet, dass das niedliche Geschöpf gleich zubeißt und mit den Extremtouristen keinen Spaß versteht? Da reist du bis an die Schwelle der Unterwelt und wunderst dich, dass die an dich Herantretenden und größer und größer Werdenden ein Sterbender und ein Toter sind. Glaubst immer weiter folgenlos mit Worten und Gedanken spielen zu können, Cerbère, da musstest du hin, aber die Worte sind nicht so harmlos und willfährig, wie du denkst, sie lassen sich auf Dauer nicht ungestraft für deine Zwecke benutzen. Es war dir gleichgültig, wo dieser Ort liegt, wie er aussieht, welche Menschen in ihm wohnen, was dich dort hinzog, war einzig sein Name. Wieder einmal glaubtest du, dich an der Wirklichkeit vorbei in dein eigenes, inneres Reich schmuggeln und die Geister, die du riefst, beliebig wieder loswerden zu können, aber da hast du dich geirrt, die Wirklichkeit hat die Anführungszeichen abgelegt wie der desertierende Offizier die Schulterstücke und steht nun nackt und mit einem höhnischen Grinsen auf den Lippen (oder bildest du dir das nur ein?) vor dir.

Im Haus am Fluss stirbt der Vater, und du stehst da mit deinem fluoreszierenden Notizbuch in der Hand und glaubst – und glaubtest noch vor zwei Minuten –, mit dem Tod deine Gedankenspielchen treiben und ihn ungestraft herausfordern zu können. Aber Worte und Namen sind keine Etiketten, die auf den Dingen kleben, sie haben ein eigenständiges Leben und schlagen zurück, wenn sie schlecht behandelt werden.

Wie ein kleines, zusammenklappbares Reise-Brettspiel liegt der Benjamin-Friedhof knapp über dem Ufer; von dem Platz aus, den man seinen abwesenden Gebeinen zugewiesen hat, können die Pilger über dem Meer die Sonne aufgehen sehen. Einmal habe ich ein paar Postkarten zu sehen bekommen, die der Übervater an den Urgroßvater geschrieben hat; winzige Federstriche waren das, als sei ein Kolibri übers Blatt gelaufen, fast so winzig wie Robert Walsers Mikrogramme, zwei Männer, die verzweifelt danach trachteten, zu verschwinden, der eine in den Wahnsinn, der andere irgendwohin, wo man ihn am Leben ließe. In der verschwindend kleinen Schrift sind beide zuletzt am wenigsten verschwunden. Was der Übervater an den Urgroßvater schrieb, weiß ich nicht mehr, auch nicht, ob es mir gelang, den gescheiten Vogelspaziergang zu entziffern, ich erinnere mich nur noch, mit teils frommer Behutsamkeit, teils trotziger Skepsis die Reliquien in den Händen gehalten und angestarrt zu haben. Nun starre ich auf den spanischen Friedhof, der vielleicht zwei oder drei Kilometer Luftlinie von meinem Standort entfernt ist, und erkenne in der Ferne das Denkmal, das man dem Übervater dort gesetzt hat: wie eine Rutsche fährt es geradewegs vom Friedhof ins Meer hinunter und wäre im Grunde eine ideale Vorrichtung für Seebestattungen.

Dann ist es Nacht. Wie schnell die Nächte aufeinander folgen, schwach blinkt der Tag dazwischen auf mit seinem trüben Licht. In diesem unbeirrbaren Puls glimmt ein Irrsinn, Lampe an, Lampe aus, Lampe an, Lampe aus. Niemand hat den Mut, den Wechsel von Licht und Schatten fortzudenken bis zu seinem Tod. Aber die Stille, die tut gut. Kein Hund bellt, kein Telefon klingelt, nur im Kopf schwillt manchmal eine Flutwelle an und bedroht das Wort, das sich mühsam einen Weg bahnt durch den Gedankensumpf. Die Stille ist so groß, dass ich, wenn ich sie nicht hin und wieder selber durchbräche, indem ich einen leisen Seufzer ausstoße oder einen Bleistift auf den Tisch fallen lasse, mich für taub halten müsste. Ich streiche mir über den nackten Arm, das gibt ein sanftes, freundliches Geräusch. Mit den Fingern massiere ich mir die Kopfhaut, dass es von innen nur so wispert und knistert. So leiste ich mir selbst

Gesellschaft und stelle mir meine eigene kleine Geräuschkulisse her, um mich vor der Taubheit in Sicherheit und die vollkommene Stille um mich herum besser zur Geltung zu bringen. Das Summen einer Fliege im Raum käme jetzt einem Düsenfliegerangriff gleich, aber es summt keine Fliege und draußen ächzt kein Baum. Glücklicherweise knackt es bei jedem Schlucken leise in den Ohren, das hat die Natur extra so eingerichtet, damit man merkt, dass man noch lebt und der Ton noch nicht ganz abgeschaltet ist. In der Stille tönen die Gedanken lauter, singen die inneren Stimmen klarer als im Lärm. In der Stille höre ich die Worte sich nähern, wenn sie noch keine Worte sind, sondern teils widerspenstig und zäh an der Gehirnmasse kleben, teils schattenhaft eilig heranfliegen und sich verfestigen oder zerrinnen. In der Stille geben sich die Schattengebilde schon zu erkennen, lange bevor sie im Bewusstsein angelangt sind; sie schicken leise Signale voraus, Vorworte sozusagen, die anzeigen, dass sie im Anflug sind und nach einem Rastplatz oder Ausgang Ausschau halten. Suche ich nach Worten, oder suchen die Worte nach mir?

Vor mir auf dem Tisch liegen große, starke Hände, mit denen man leicht ein Feld umpflügen oder jemandem die Gurgel zudrücken könnte. Wären es meine, würde ich Gott oder wem danken, dass er mir die Hände eines Kraftarbeiters gegeben hat, und ich würde versuchen, damit etwas Nützliches anzufangen, einen Baum zu pflanzen, zum Beispiel, oder ein Haus zu bauen, jedenfalls würde ich auf den ersten Blick erkennen, dass dies keine Denk- und Schreibhände, sondern Handwerker- oder Bauern- oder Holzfällerhände sind, und ich würde mich hüten, etwa einen Stift damit zu ergreifen und irgendwelche Gedanken zu Papier bringen zu wollen, schon weil ich fürchten müsste, den Stift zu zerbrechen mit diesen Pranken. Vor mir liegen aller Wahrscheinlichkeit nach die Hände, die sich ein Holzfäller aus Versehen abgehackt und auf meinem Schreibtisch liegengelassen hat, und zwar ein besonders geschickter und schlauer Holzfäller, dem es gelungen ist, sich beide Hände abzuhacken, vielleicht um mich für meine Vorurteile, was die geistigen Fähigkeiten von Holzfällern angeht, zu bestrafen und mir ein Rätsel aufzugeben.

Meinen Sie nicht, ich hätte tagtäglich schon genügend Rätsel, zu lösen will ich gar nicht erst sagen, aber zu bedenken, zu bearbeiten, wie auch immer, rufe ich dem flüchtigen Holzfäller zu, der sich zwar dazu beglückwünschen kann, mir ein Schnippchen geschlagen und die Holzfällerehre gerettet zu haben, aber sich jetzt, handlos wie er ist, einen anderen Beruf wird suchen müssen. Wenn ich ihn finde, schlage ich ihm vor, zu tauschen; er könnte Bücher schreiben oder diktieren oder imaginieren, und ich würde Bäume fällen und zersägen und Stämme aufschichten für zwei.

So rutsche ich manchmal angenehm in etwas hinein,

was ein Bild oder eine Idee genannt werden kann, und warte ab, wohin es führt, und mitunter führt es nicht weiter als bis zu einem Stapel Holz, den der Leser vielleicht wie einen Maulwurfhügel leichten Fußes überspringt.

Die ich liebe, sterben ein ganzes Leben lang, jeder Tag ist ein Aufschub und zugleich ein Schritt ins Grab. Meine Angst ist immer wach und mästet den Tod. Unter diesen Umständen ist jede Abschweifung mehr als willkommen, doch selbst der Weg vom Hundertsten ins Tausendste, so kurvenreich und weitschweifig er auch immer sein möge, führt doch nur wieder an denselben Ort.

An diesem Ort ist kein Licht. An diesem Ort ist kein Tag, der vergeht, keine Nacht, die sich senkt oder aus den Niederungen erhebt. An diesem Ort fällt kein Blatt vom Baum, bläht sich kein Laken im Wind, bricht keine Welle. Alles ist reglos und stumm, die Vögel liegen am Boden und haben keinen Blick in ihren starren, dunklen, kugeligen Augen. In einem Haus sind alle Fenster verdichtet und alle Türen versperrt, zusätzlich stecken innen Hölzer unter den Klinken und halten sie fest. Hinter den Türen sitzt eine Frau im Dunkeln und hat eine Sonnenbrille auf; Stille kommt aus den Kopfhörern auf ihren Ohren. Das Haus ist ungefähr so groß wie die Erde, die Frau sitzt im innersten Zimmer wie die Pharaonen in der Pyramide. Es gibt keinen Sommer und keinen Winter, kein Früher und kein Später, nur das stille

Haus, in dem die Frau sitzt und an nichts denkt und auf nichts wartet. Gäbe es Müdigkeit und Schlaf, wäre die Frau sicher müde; statt dessen sitzt sie und richtet die Augen in die Finsternis, die fest ist und sie umgibt wie der Bernstein das Insekt. Es herrscht kein Stillstand, denn wie könnte Stillstand herrschen in einer Welt, wo kein Anflug einer Bewegung vorstellbar ist. Die Frau sitzt im innersten Zimmer jenseits jeder Dauer und verspürt weder Hunger noch Schmerz, weder Unruhe noch Verzweiflung. Es gibt nur die Frau und das Haus und das, worüber man nichts weiß. Die Frau ist meine Mutter.

In Cerbère gehe ich baden im Regen, und während ich im Meer schwimme, kommen mir die Tränen. Bei soviel Zufluss und Übersättigung mit Salz müsste die See eigentlich über die Ufer treten; statt dessen schluckt sie Regentropfen und Tränen, ohne auch nur einmal ihr zerknittertes Gesicht zu verziehen. Ein Junge steht auf einer Klippe und ruft immer wieder dasselbe Wort zu mir herunter, das ich bei dem Lärm, den die auf der Wasseroberfläche auftreffenden Tropfen verursachen, nicht verstehe. Der Junge ist nackt und hält einen Anker oder einen gewaltigen Angelhaken in der Hand, mit dem er mir zuwinkt oder ausholt, um nach mir zu werfen, dann schließe ich die Augen, wie man einen Wasserhahn zudreht, und lasse mich treiben. Von oben höre ich die Stimme des Jungen, sie ruft Tee oder Teer oder Meer oder mehr, jedenfalls etwas Langgezogenes, das wie eine Drohung klingt oder wie ein letztes, schon halb aus dem Jenseits tönendes Wort. Ich öffne die Augen wieder, und anstelle des Jungen steht nun Walter Benjamin auf der Klippe; in der Hand trägt er keinen Anker und keinen Angelhaken, sondern eine schwarze Aktentasche, und ich weiß sofort, dass sich in dieser Aktentasche das Manuskript befinden muss, das er über die Berge bis hinunter nach Spanien schleppte, lauter mit winzigen Tintenschleifchen und -häkchen geschwärzte, beidseitig beschriebene, randlose Blätter, die er unverzüglich über meinem Kopf ins Meer werfen wird, und ich denke, so fest hast du dich an diese Aktentasche geklammert, so weit hast du sie getragen, und jetzt wirfst du sie ins Wasser, und gleichzeitig verstehe ich, dass es gut so ist und nicht anders sein kann. Hieß das Wort vielleicht »leer«?

Im Café von Cerbère hängt ein Fernsehapparat an der Decke und wird lebendigen, bild- und tonverströmenden Leibes von Spinnen gefangengenommen; wie eine dicke Fliege sitzt er nun im Netz und wartet darauf, gefressen zu werden. Hinter dem Schleier der Spinnenfäden bemühen sich zwei junge Leute um lustvolle Gebärden, dann schicken sie sich an, das Sprechen und das Laufen und das Denken zu verlernen, was ihnen unter ohrenbetäubendem Lärm auch gelingt. Selbstbewusst stolzieren sie auf dem silbrig umwobenen Bildschirm hin und her und ahnen nicht, dass ihnen keiner zuhört noch zusieht, die Männer kehren der Spinnenbeute den

Rücken zu und sind abändelang in ihr Eigenleben vertieft, manche von ihnen sitzen schon seit Tagen derart regungslos an der Theke, dass die Spinnen auch sie schon fast restlos umgarnt haben, dick liegt der Staub auf ihren runden Schultern und Nasen. Dann wieder hebt ein minimales Treiben an, die Wirtin wischt den Thekenmännern mit einem feuchten Lappen übers Gesicht und schiebt ihnen volle Gläser hin. Auf dem Boden liegen lechzende Hunde. Jeder weiß hier vom anderen und bezweifelt ihn nicht. Ich sitze in der Ecke und lasse mich meinerseits von den Spinnen umweben in der Hoffnung, wenn ich lang genug dort verharre, vielleicht eines Tages zu den Alteingesessenen und -getrunkenen zu gehören. Die Nächte sind lang im winterlichen Cerbère, es ist Zeit genug, alle Sterne und alle Schafe der Pyrenäen zu zählen. Am Morgen sitzen die Thekenmänner noch immer auf ihren Hockern, die Köpfe in die verschränkten Arme gelegt. Der ganze Raum ist jetzt von Spinnweben wie von einem fürsorglichen Kokon durchzogen, über dem Meer lugt die Sonne hervor und erblasst; einen Augenblick später ist über Cerbère schon wieder Nacht. Der Ort, an viel Schatten gewöhnt, macht nicht viel Aufhebens um den Mangel an Licht. Die Toten liegen hier ohnehin hinter Rauchglas und werden lediglich sonntags herausgeholt und -geputzt, und die Lebenden kennen jede Biegung und jede Unebenheit in den unterirdischen Gängen, durch die sie kriechen, um zu ihren Behausungen oder an den

Dorfplatz oder ans Meer zu gelangen. In Cerbère kommt man gut auch ohne Sonne aus.

Kaum habe ich mich ins Zimmer zurückbegeben und meinen unregelmäßigen Körperzylinder neben den Lichtkegel der Lampe gestellt, landet eine winzige Mücke auf meinem Unterarm und posiert dort zwei Minuten lang als Bild der Unruhe und Geschäftigkeit. Während der ganze Hinterleib mit den durchscheinenden, jeweils mit einem schwarzen Punkt versehenen Flügeln völlig bewegungslos bleibt, liefern vorne zwei Fühler, die ungefähr die Ausmaße der Härchen auf meinem Arm besitzen, einen Boxkampf gegen einen unsichtbaren Gegner. Wild fuchtelt das Insekt mit seinen unverhältnismäßig langen, seinen Beinen zum Verwechseln ähnelnden Fühlern um sich, als gelte es, den ersten Preis in einem afrikanischen Tanzwettbewerb zu gewinnen oder sich wenigstens derart zu verausgaben, dass man hinterher nur noch in den Schlaf des Vergessens fallen kann. Und in der Tat fliegt die Mücke jetzt auf, um sich in kaum dreißig Zentimeter Entfernung auf der weißen Gardine niederzulassen, wo sie mehrere Stunden lang, ohne sich zu rühren, ihrem Schatten Gesellschaft leisten wird. Dann fährt es wieder in sie, wild schlagen die feinen Lanzen um sich, und für einen kurzen Moment ist es Don Quichote, der gegen den eigenen Schatten kämpft. Hernach ist die Ermüdung groß, und auch mir fallen die Augen zu, habe ich innerlich doch mitgerungen und mitgefochten, und somit ist diese Niederlage auch meine. Überhaupt hat man sich eine Niederlage ja schnell zu eigen gemacht. Schwieriger ist es mit einem Sieg, zumal, wenn man, wie ich, ein guter Verlierer ist.

Am frühen Morgen stellt sich das Insekt auf die Hinterbeine, breitet die Flügel aus und gibt sich als Benjamins Engel der Geschichte aus, allerdings ohne die Lockenwickler, die Paul Klee ihm aufgedreht hatte, und ohne dessen große Ohren. Die unzähligen Facetten seiner Insektenaugen hat es auf mich gerichtet, die ich als hoher und immer höher werdender Trümmerberg in der Rolle der Geschichte vor ihm erscheine, und es spricht zu mir von der Hoffnung, von der *unendlich viel vorhanden ist, nur nicht für uns*. Aus der fernsten Vergangenheit weht ein starker Wind und treibt uns vor sich her; die Zukunft ist ein leerer Raum, dem wir den Rücken zukehren. Auch die Mücke ist schon sehr lange aus dem Paradies vertrieben.

Der Vater ist körperlos, fußlos, fleischlos, wie könnte er sterben? Im Summen des Rasierapparats liegt sein ganzes Körperleben. Technische Panne? Stromausfall? Der Wind drängt den Vater ins Hinterland, in die unsichtbare Leere. Geradewegs auf mich zu drängt er ihn, in die Unterwelt, auf deren Schwelle ich sitze und dem Wärterhund Gesellschaft leiste. Wenn ich weiter hier sitzen bleibe, kann ich nacheinander alle meine Toten persönlich in Empfang nehmen. Vergangenheit, Gegenwart, Zukunft: Von meiner Höllenwarte aus sehe ich sie als Amtspersonen gekleidet ans Ufer treten und sich im Meer spiegeln. Die Gegenwart ist neben den beiden anderen kaum größer als ein dreijähriges Kind, auch haben sie die beiden Großen an der Hand gefasst und in ihre Mitte genommen. Im Wasser schimmern sie einträchtig ineinander verschwommen; auf dem Fernsehbildschirm an der Decke des Cafés von Cerbère liegen auf Bahren in langen Reihen die Toten. Die Thekenmänner kehren ihnen den Rücken zu und senken ihren Blick in die Bier- und Rotweingläser der allernächsten Zukunft, von der es unerschöpfliche Vorräte zu geben scheint. Mir gegenüber sitzen zwei Benjamin-Pilger auf der Durchreise und schauen mich durch ihre runden Brillen kurzsichtig an.

Ist es nicht bezeichnend, sagt der eine zum andern, dass der Tod in unserer Zeit nur noch auf dem Bildschirm vorkommt und dass heutzutage niemand, zumindest bis er selbst an die Reihe kommt, ihm außerhalb des Fernsehens je begegnet ist?

Die beiden wissen, wie sie ihre Epoche einzuordnen haben, sie wissen, was man von einer Gesellschaft erwarten kann, die den Tod in geschlossene Anstalten oder Bildbehälter verbannt, damit erweist sie sich beileibe keinen guten Dienst, nein, am Mittelalter sollte sie sich ein Beispiel nehmen, wo der Tod noch wirklich und grausig und allgegenwärtig war, das waren noch Zeiten, darin sind sie sich einig, darauf stoßen sie an.

Wer wie diese beiden mit Hilfe der Lehre des Meisters das neunzehnte Jahrhundert durchschaut hat, für den hat auch das zwanzigste oder gar das einundzwanzigste kein Geheimnis mehr, man weiß Bescheid, die Literatur liegt in den letzten Zügen, ohne Tod kein Erzählen, und was bleibt, ist ein wütendes Stottern, ein nicht aus den modernen Bibliotheken zu vertreibender Schluckauf, der weder Tod noch Ewigkeit kennt.

So sprechen die beiden Pilger, während in meinem Kopf immer wieder aufs neue der Vater stirbt, und auch ich wüsste gerne, welche Bedeutung die Dinge haben und in welchen Zusammenhängen sie stehen, ob die Zeichen, die ich sehe, wirklich Zeichen sind und als solche »geschickt«, und von wem, und zu welchem Zweck, und wieso ich mich ausgerechnet jetzt in diesem Ort befinde, auf dessen Schwelle sterbend der Vater tritt. Auch ich wüsste gerne, was von allem zu halten ist.

Jeder kennt das: Dinge passieren, und man kann nicht umhin, sie miteinander in Verbindung zu bringen und sich eine ganz persönliche Botschaft daraus zurechtzubasteln, offenbar aus einem weitverbreiteten Bedürfnis heraus, von irgendwoher, sei es aus dem Jenseits, Nachrichten zu empfangen. Man denkt: aha, da gibt es also doch jemanden, der an mich denkt da draußen und mir etwas zu verstehen geben will, und je nach Gemütslage liest man die vermeintliche Botschaft als Antwort oder als Rätsel oder gar als Befehl. So schafft man sich ein übermenschliches Gegenüber, das einem stets etwas zu sagen oder zu erklären hat. Beim Erkennen und Auslegen dieser Nachrichten aus dem All spielt meist die zeitliche Nähe oder Gleichzeitigkeit verschiedener Ereignisse eine wichtige Rolle, ohne die man sich in der Fülle der täglichen Begebenheiten nie die sinnstiftenden herauspicken könnte.

Aber wir werden doch jetzt keine Spiritisten werden, sagt der Vater, als er sich vom Sterben erholt hat und wieder telefonieren kann. Nur weil du gerade den Zerberus besucht hast, als das passiert ist.

Aber wer wollte in einer zeichenlosen Umgebung leben, wo jedes Ding für sich steht und durch keinerlei Gedankendraht oder -faden mit anderen Phänomenen verbunden ist, wo keiner je das Wort an einen richtet aus einer anderen Welt? Sind Zeichen nicht an jeden adressiert, der sie als solche begreift? *Was nie geschrieben wurde, lesen,* wer möchte das nicht, wer möchte nicht in allem Wahrnehmbaren wie in einem Buch lesen? Jeder Stein, jeder Fuchs, jede Brücke wäre Buchstabe, Silbe oder Wort und es gälte, diese Elemente zu einem Satz, vielleicht zu einer Frage, zusammenzufügen. Vielleicht besaßen wir diese Fähigkeit bis zu einem gewissen Grad, und sie ist uns im Laufe der Jahrtausende abhanden gekommen. Gott verfügt darüber in einem absoluten Grad, er liest in Himmel und Erde wie in einem selbstverfassten Manuskript, und jedes Mal, wenn er eine Seite umblättert, wird es Nacht und wieder Tag.

Kurz bevor er zum abermillionsten Mal umblättert,

gehe ich in der Abenddämmerung im Wald spazieren, und plötzlich, keine zehn Schritte entfernt, steht ein Reh vor mir und schaut mich mit weitaufgerissenen Augen an. Es steht still, als sei es das Gips-Reh aus dem Gedicht, und auch ich bemühe mich, wenn auch mit weniger Erfolg, meinen Körper in den Stillstand zu versetzen. Wie in einem Wettkampf der Hypnotiseure stehen wir einander gegenüber und schauen uns in die Augen, keiner senkt den Blick, keiner rührt sich auch nur um einen Millimeter vom Fleck (allerdings schwanke ich manchmal leicht), und langsam merke ich – was mir während des Laufens entgangen war –, wie der Wald um uns wispert und lebt, wie laut die Käfer im trockenen Laub rascheln und wie überall die Vögel sich im Blattwerk zu schaffen machen. Genau in dem Augenblick, in dem ich erstarrt bin, haben die Bäume und Sträucher Leben angenommen.

Dann springt das Reh durch das Unterholz davon. Die Natur tuschelt und raunt eifrig vor sich hin, nur ich stehe weiter reglos auf dem Weg und blicke auf den Fleck, wo das Reh eben noch gestanden hat. Ich will weitergehen, aber in meinen Beinen ist kein Weitergehen mehr und kein Spazieren, nur noch ein in Blei gegossenes, bitteres Verharren, und ich weiß, ich werde nie mehr einen Fuß dazu bringen können, sich vor den anderen zu setzen, ich werde hier stehen bleiben und das Waldgetier an mir vorüberziehen sehen, die Vögel werden sich mir auf den Kopf setzen und in meinen

Armbeugen nisten, es wird Sommer, Herbst und Winter werden, und die Menschen, die mich einst kannten, werden mich vergessen haben. In der ganzen Welt wird man lachen und töten, tanzen, erzählen und Drachen fliegen lassen, und ich werde langsam und ohne Wurzeln zu schlagen Bestandteil des Waldes geworden sein. Ich merke: Ich kann die Augen noch in den Höhlen hin und her rollen lassen, rechts reicht mein Blick bis an eine Lichtung, links prallt er gleich an ein Gatter, auch eine Pfütze Himmel ist noch erreichbar und unten der lockere Blätterteppich, auf den Aststücke und Bucheckern gefallen sind. Ich bin allein im Wald, und es werden keine Spaziergänger vorbeikommen. Es wird kalt. Tiere krabbeln und hüpfen durch mein Blickfeld und verschwinden, alles Bewegliche – Blätter, Schnecken, Amseln, Wolken – läuft und fliegt mir davon. Ein Igel wandert hin und wieder verlegen hüstelnd an mir vorbei. Eines Tages, es sind schon Jahre vergangen, durchquert das Reh noch einmal denselben Waldabschnitt, bleibt einen Moment lang vor mir stehen, schnuppert furchtlos an meinem rechten Ärmel und ist fort.

Aus der Kindheit kommt ein bucklicht Männlein hervor und humpelt durch das Erinnerungsdickicht auf mich zu. Es ist so krumm, dass ich ihm nicht in die Augen sehen kann, und wühlt stundenlang in einem Dachboden herum, wo in zahllosen Truhen und Kisten die Taschenkalender-Sammlung untergebracht ist, die ich im Laufe der Jahre angelegt habe. Lange glaubte ich, anhand dieser Jahrbücher einen gewissen Überblick und das Vergangene im Griff behalten zu können, bis ich feststellen musste, dass fast alle in meinen Kalendern enthaltenen Notizen, die meisten von ihnen stenographisch kurz gefasst, für mein heutiges Auge unleserlich oder unbegreiflich geworden waren. Namen kamen darin vor, die mir völlig unbekannt waren, Orte, an denen ich sicher war, noch nie gewesen zu sein. Ich bin vorbei und für niemanden mehr zugänglich, sagte die Vergangenheit, das war ihre reichlich simple und banale Botschaft, die einzige offenbar, die sie noch zu vermitteln hatte. Jetzt steht das bucklicht Männlein über die alten Jahrbücher gebeugt und blättert aufmerksam darin herum. Papier ist geduldig, sagt es mit heiserer Stimme, und zum ersten Mal erahne ich, was es mit diesem Ausdruck auf sich haben könnte. Papier ist ungeduldig, sagt das Männlein einen Moment später, und auch das leuchtet mir aus unerfindlichen Gründen sofort ein. Wenn das Papier das Vergangene erst einmal aufgesogen hat, ist es nicht mehr vergangen, sondern gehört der trockenen Gegenwart des Papiers.

Papier ist geduldig, dachte ich früher, weil es stillhält und sich nicht wehrt, wenn man es beschriftet mit spitzer Feder oder stumpfem Blei. Wenn es gänzlich geschwärzt ist, hält es einem sogar noch den Rücken hin, bis am Ende kein heller Fleck mehr zu sehen ist auf dem einst makellosen Blatt. Papier ist geduldig, und es braucht auch viel Geduld, um alles anstandslos aufzunehmen und zu tragen, was der Mensch ihm täglich auflädt, Ängste, Zweifel, Kassenstürze, letzte Willen, Einkaufslisten, Romane, Liebesbekundungen.

Das Männlein liest sich weiter in meinen alten Kalendern fest; im Gegensatz zu mir scheint es das Geschriebene auch entziffern zu können. Vom Lesen schwillt sein Buckel an, bald sinkt das Männlein zu Boden unter der Last. Irgendwann ist der Buckel so groß, dass er den ganzen Dachboden ausfüllt und mich an die schräge Wand quetscht, und wäre dies ein Traum, so wäre nun eigentlich der Moment gekommen, aus dem Schlaf aufzuschrecken.

Der Vater ist mit Benjamin auf du und du, für den Vater ist Benjamin ein Freund der Familie. Im Hintergrund lächelt gnädig Hofmannsthal, für das Kind gehört der Vater zu einer fremden, der Benjamin-Familie. Die Benjamin-Familie lebt auf der anderen Seite des Berges und der Grenze, das Kind wohnt mit der Mutter am Ende der Welt. Drüben in der Benjamin-Familie sprechen sie eine Sprache, die das Kind nie gelernt hat und die man auch nicht erlernen kann. Mit dieser Sprache im Mund wird man geboren, schon die Neugeborenen sprechen sie fließend, und alle, die ihrer nicht mächtig sind, entblößen sich augenblicklich als nicht zur Familie gehörig. Zwischen dem Kind und der Familie wölbt sich der Berg. Die Familie ist gern unter sich. Ist nicht ohnehin der Himmel schon viel zu weit, spannt er sich nicht schon allzu großzügig über die ganze Menschheit? Ist es nicht genug, dass das Meer so freundlich und blau zu allen herüberscheint? Muss man denn auch noch mit ihnen darin baden?

Der Vater und Benjamin wachsen früh im Geist des Kindes ineinander, die Brille Benjamins setzt sich auf des Vaters edle Nase, sein Schnurrbart färbt sich in des Vaters rötlicher Haarfarbe, zusammen schauen sie das Kind wohlwollend und verständnislos durch ihre dicke Brille an. Die Vater-Sprache des Kindes ist die Benjamin-Sprache, seine Mutter-Sprache die der gewöhnlichen Sterblichen. Das Kind wirft Zerberus einen Knochen über die Grenze in das Vater-Land, und wo der Knochen hinfällt, liegen auf einmal Tausende von Gebeinen, als seien sie urplötzlich aus der Erde gekrochen, die ganze Küstenlandschaft ist übersät mit Knochen, zwischen denen verwirrt der Hund hin- und herläuft, bevor er mit leerem Maul wieder zu dem Kind zurückkehrt.

Von ferne hört das Kind die gesetzten, wohl bedachten Klänge der Vater-Sprache; von der Vater-Sprache versteht es immer nur die Pausen. Von der Vater-Familie kennt es nur den Vater und einige große Namen der deutschen Kulturgeschichte, Heilige, die um den Vater herumstehen und ihm freundschaftlich auf die Schulter klopfen. Der Vater lächelt auf dem Gruppenbild und schaut selbstbewusst in die Kamera, und das Kind denkt etwas bitter, in der Deckung solcher Heiliger lässt es sich gut lächeln und selbstsicher sein; wer aus dieser

Höhe auf die Erde herunterblickt, dem sind auch seine Mitmenschen kein Gräuel.

Der Vater stieg eines Tages vom Olymp herab, um sich unter das Volk zu mischen. Bei einem dieser Ausflüge stellte sich ihm die Mutter in den Weg, die noch nie einen solchen Helden aus der Nähe gesehen hatte. Noch am selben Abend gebar sie ein dreiköpfiges, haar- und zahnloses Kind, das gleich aus allen drei Mündern kräftig losbrüllte. (Das Drei-Münder-Motiv wird später in der literarischen Welt des Ungeheuers eine unwesentliche, aber vielbeachtete Rolle spielen.) Als das Kind ein Jahr alt war, schrieb es dem Vater den ersten Brief: »Lieber Vater«, schrieb es, »ich bin gerade bei den Pfadfindern eingetreten und singe jeden Tag ein lustiges Lied.« In der Vater-Sprache gab es keine Pfadfinder, und die Lieder sang man nicht, sondern sie kamen aus der Stereo-Anlage und waren von Gustav Mahler. Mit sechs oder sechzehn war das Kind zum ersten Mal beim Vater zu Besuch. Das Vater-Haus war so groß wie die Deutsche Staatsoper, und alle Wände und Decken und Keller bestanden aus übereinandergestapelten Büchern, was das Kind allerdings nicht merkte, denn es hatte noch nie ein Buch gesehen. Am Tisch saß eine Frau, die schön war und jung und sich sehr artig in der Vater-Sprache auszudrücken wusste. Schon am Frühstückstisch entspann sich zwischen ihr und dem Vater ein angeregtes Gespräch, an dem auch mehrmals das Kind beteiligt werden sollte, aber das Kind saß stumm und rührte jedes Wort, das ihm in den Sinn kam, lange in der Teetasse herum. So war das also: Man konnte sich in des anderen Gedanken hineinwinden und wie im Spiel die verschiedensten Register ziehen, man konnte in der Sprache wie in einem gutsitzenden Anzug stecken und ar-gu-men-tie-ren. Dann löste sich das Gespräch auf in ein monotones sanftes Brummen; der Vater trat mit glatten rosa Wangen aus dem Badezimmer und war schon auf dem Weg ins Museum. Die Museen der Stadt waren alle um das Vater-Haus herumgebaut, so dass der Vater, wenn er ins Museum wollte, nicht weit zu gehen hatte. Auch das Vater-Haus war ein Museum. Drinnen häuften sich die Weltkulturgüter, und das Kind beugte den Nacken und drückte sich neben den indonesischen Schattenspielfiguren flach an die Wand.

Währenddessen haftete die Mutter an der anderen Erdkugelhälfte und kochte und wischte und ehrte den Pfennig, und die Schnaken stachen ihr in Arme und Beine, die Hunde knurrten sie an, und die Schlangen bissen ihr ins Ohrläppchen, was sie natürlich bei dem Vater nie gewagt hätten, abgesehen davon hatte der Vater gar keine Ohren, das Kind war sich noch nicht einmal sicher, je Füße oder Oberarme an ihm bemerkt zu haben. Wahrscheinlich trug man in der Benjamin-Familie keine Füße und keine Ohren, ganz einfach weil man in der Benjamin-Familie weder Füße noch Ohren benötigte, denn jedes Terrain, was mit Füßen abgeschritten, jeder Ton, der erlauscht werden konnte, war bereits angelesen oder angeboren und somit in den Benjamin-Hirnen enthalten. Das Kind aber hatte an jedem seiner drei Köpfe zwei riesige scharlachrote Ohren, und Füße hatte es auch viel mehr, als zu einem einigermaßen zivilisierten menschlichen Wesen gepasst hätten.

Dem Kind fiel nichts ein, was es hätte sagen können, und so ist es seine ganze Kindheit und Jugend über geblieben. Es schaute auf seine Füße, und jeder Fuß war ein unbeweglicher Erdteil, und auf seine Hände, und jede Hand war ein fremder Planet, auf dem die Bedingungen für menschliches Leben nicht gegeben waren, es schaute in den Himmel, und da blickte zwischen den Wolken der Vater herunter und lächelte verständnisvoll, es schaute sich im Vater-Haus um, und die Weltkulturgüter räkelten sich und gähnten auf das Kind herab. Am Abend ging man ins Theater und betrachtete Schauspieler, die mit dem Kopf an eine Pappwand rannten und brüllten und sich verausgabten, oder man ging ins Konzert, und die Musik schwoll an, bis das Kind zu explodieren drohte, dann war Pause, und es gab Orangensaft, und die Musik klang bis zum nächsten Morgen in den Ohren nach.

Der Vater kannte alle Alphabete vorwärts, rückwärts und spiegelverkehrt und setzte sich sehr für die allgemeine Schulpflicht der Katzen ein. Die Katzen stellten ihre Nackenhaare auf und fauchten das Kind an wie einen räudigen Hund, und das Kind fauchte wie ein räudiger Hund zurück.

Am Morgen wachte das Kind auf und war gerade über alle Berge gewesen, aber das Aufwachen hatte es wieder in das Vater-Haus zurückversetzt, dort lag es nun und konnte nicht fliegen, aber der Himmel konnte fliegen und flog in der Dachluke vorbei, oder flog vielleicht das Haus durch die Luft, und der Himmel stand still? In dem Vater-Haus war es an jedem Morgen wie in einem Zug, von dem man sich fragt, ob er sich gerade in Bewegung gesetzt hat oder der Zug auf dem Nachbargleis.

In dem Vater-Haus sah das Kind nie jemand anderen als den Vater und die Vater-Frau und die fremden Götter, die aus den Masken und Statuen ungerührt in die weitläufigen Korridore und Säle starrten. Es war stolz, an dem Vater-Leben ein paar Tage teilzuhaben, und fürchtete sich doch zugleich, sich als das, was es war, zu entblößen und zu verraten. Während seiner kurzen Aufenthalte im Vater-Haus lernte das Kind, über den leeren, nur von Nebelschwaden durchzogenen Kopf ein kluges Lächeln oder eine leicht abwesende Nachdenklichkeit zu stülpen und so akute Entblößungsgefahren fürs Erste zu bannen. Diese Kunst der Tarnung sollte ihm später noch in manchen Lebenslagen zugute kommen; allerdings setzt diese Taktik voraus, dass man sowenig wie möglich außer Haus und noch weniger unter Leute geht und insbesondere alle Mitglieder der Benjamin-Familie, die einen ja besonders schnell durchschaut haben, meidet. Wenn der Kontakt mit anderen unvermeidlich ist,

ist es wichtig, dass man ein Gespür dafür entwickelt, wann bestimmte Namen oder Sachverhalte oder Wertvorstellungen vorausgesetzt werden, damit einem nicht aus Unaufmerksamkeit eine Frage durch den Blick fährt. Das Kind hat sich damals im Vater-Haus in dieser Kunst dermaßen perfektionieren können, dass es heute mühelos einem auf es einredenden Koreaner das Gefühl vermittelt, in allen gedanklichen Feinheiten verstanden zu werden.

Die Flure des Vater-Hauses hingen voll mit Ahnenporträts, auf denen in Öl gemalte Männer zu sehen waren, die allesamt dem Vater ähnelten, als hätte der Porträtist immer den Vater Modell stehen lassen und nur jeweils die Haartracht – bald ein strenger Seitenscheitel, bald eine altertümliche, weißgelockte Perücke – und die Kleidung je nach Epoche und Berufsstand variiert, auch schon mal, wenn es nötig erschien, ein kleines Doppelkinn angesetzt. Die Vater-Ahnen waren stattliche Männer, die um ihre Wichtigkeit wussten; klug blickten sie in die Zukunft, die sie in Gestalt des künftigen Betrachters vorausgesehen und zu zähmen gewusst hatten, so dass man, wenn man vor ihnen stand, das Gefühl hatte, einer Vorladung gefolgt oder zu einer Audienz zugelassen zu sein und sich jedenfalls keineswegs aus Zufall in diesem endlosen Flur zu befinden.

Die Vater-Dynastie reicht bis in ferne Jahrhunderte zurück, als es noch eine Welt zu erobern und einen Glauben zu verbreiten gab, als die Bauernmädchen sich noch willig oder unwillig dem Herrn Grafen hingaben und die Grafen mit ihren Bastarden die umliegenden Höfe bevölkerten. Etwas von dem Bewusstsein dieser langen Ahnenschaft war in das Vater-Blut geflossen, und da floss es nun und floss, immer im Kreis bis in die letzte Fußzehe und wieder zurück.

Heute ist das Kind erwachsen und trägt den Namen, der auf dem Deckel dieses Buches steht und nicht der Name des Vaters ist. Es wäre ihm nie in den Sinn gekommen, das Wort »Vater« oder eine ähnliche, auf irgendeine Weise mit der eigenen Familie zusammenhängende Vokabel auch nur in den Schreibmund zu nehmen, mit dem die innere Stimme spricht, hätte sich nicht der Vater ganz unerwartet und ohne dass ihn jemand daran hätte hindern können, ins Bild gedrängt, und zwar genau in dem Augenblick, als das älter gewordene Kind von dem Kap von Cerbère hinunter auf den Friedhof schaute, wo Benjamin nicht begraben lag, aber einen Grabstein hatte. Vor diesem Grabstein hatte das großgewordene Kind eben noch gestanden, und es hatte ein Steinchen darauf gelegt, wie es zweifellos auch der Vater, dessen es dabei gedachte, getan hätte. Wieder einmal hatte es versucht, ihm nachzueifern und an dem Glanz der Benjamin-Zugehörigkeit teilzuhaben, aber wieder war dieser Versuch missglückt, und ich kletterte über staubiges Geröll nach Cerbère und in die Anonymität zurück.

Seitdem heule ich hier mit den Höllenhunden und

verwandle alle Antworten in Fragen. In mir kauert ein Kind, aber ich weiß nicht, ob es ein Kind ist, das ich war, oder eines, das ich gebären werde; mit geballten Fäusten trotzt es der Welt, die es nicht kennt; sein Leib und seine Gliedmaßen durchleuchtet ein fernes, milchiges Licht. Flugzeuge durchschneiden die Nacht und üben für den nächsten Krieg; das Kind will von alldem nichts wissen und krümmt sich zusammen zu einem winzigen Knäuel, das in mir liegt wie ein lebenswichtiges Organ und nicht von mir zu trennen ist.

Dann auf einmal ein Horizont aus blattlosem Ästegewirr und magermilchfarbenem, die dünnen Schneeflocken schluckendem Himmel. Zerberus liegt zusammengerollt zu meinen Füßen und träumt einen unruhigen, wolligen, rätselhaften Traum. Wie verlassene große Vogelnester hängen die Misteln in den Bäumen, unter denen kein Paar sich küsst. Alle Türen stehen weit offen, dahinter sind alle Räume weiß und leer. Vor den Fenstern herrscht ein lautloses, undurchschaubares Leben, in dem an jeder Wegbiegung wie drohende Zeigefinger Straßenschilder aus dem Boden wachsen. Langsam fahren kantenlose Fahrzeuge an die Kreuzungen heran und verlieren sich bald darauf wieder im Schneegestöber. Wo gerade noch ein Wagen stand, deckt der Schnee gemächlich die Parklücke zu, und auch das weiße Blatt auf meinem Schreibtisch spart er nicht aus, auf dem es keine Spuren zu verwischen gibt. Im Schlaf zerrt Zerberus an einer nicht vorhandenen Leine.

In Cerbère stehen alle Züge still. Endstation, alle Passagiere aussteigen. Noch vor kurzem war der Gleisabstand nicht derselbe auf beiden Seiten der Grenze. Zerberianerinnen luden ein Jahrhundert lang Zitronen und Orangen von den spanischen in die französischen Waggons, damit auch der Norden an diesem Leuchten teilhaben und sich an diesen kleinen, süßsauren Sonnen wärmen konnte. Wie viele Existenzen gehen vorbei über einer Arbeit, die wenig später überflüssig geworden ist. Wie viele Tode werden gestorben, die schon ein paar Jahre später verhindert würden. Man verbringt ein Leben damit, Kisten zu schleppen, und kurz bevor man vor Erschöpfung umkippt, fällt es zwei Regierungen ein, ihre Gleise in denselben Abstand zu bringen. Ist es vielleicht ganz und gar gleichgültig, was man tut, solange man nur überhaupt etwas tut und zur Bekämpfung der Stille seine Lebenszeit mit Taten, Bewegung, Lärm anzufüllen sucht? Entspringt das Schreiben, Malen, Komponieren dem Bedürfnis nach einer Beschäftigung, die nicht innerhalb kürzester Zeit überflüssig zu werden droht, eben weil sie in ihrer Überflüssigkeit schon immer lebensnotwendig war? Oder gibt es womöglich gar keine überflüssige Tätigkeit? Keine überflüssigen Tode?

Die Zerberianerinnen hievten Zitrusfrüchte vom einen Gleis zum anderen, Tag für Tag, Monat für Monat, Jahr für Jahr. Im Norden Europas, wo die Orangen und Zitronen nach langer Reise endlich ankamen, dankte es ihnen niemand. Zwischen den blassen Fingern der Niederländer und Schweden versprühte die aufbrechende Schale der Orangen ihren feinen Duftstaub. Welche Bedeutung hat in einem Leben der einzelne Tag, die einzelne Stunde, die Stille und Schönheit, das Verheerende, Unumstößliche jedes Augenblicks? In einer Zeit ohne Telefon wäre der Vater jetzt nicht mehr am Leben. Wie verwenden wir unsere Zeit besser: lebendig oder tot?

Auf der Straße ist der Schnee, im Himmel sind die Wolken weggeschmolzen; unter den schwachen Strahlen der Sonne ist die Parklücke im Schnee zu einer unbegrenzten, einer Lebenslücke geworden. Zerberus springt über die Wiesen und freut sich an dem Strom der Reisenden, die tagaus, tagein über die von ihm bewachte Grenze müssen. Ich stehe bei ihm und schaue hinüber; ein paar Schritte weit kann man sehen, dann schlucken dichte Nebel den Blick. Nur die Toten können den Nebel durchdringen, und selbstquälerisch drehen sie ihre hohlen Augen unwillkürlich immer wieder zu den Orten, von denen sie kamen, zurück. Jedem der Sterbenden blicke ich ins Angesicht. Sobald sie über die Grenze treten, werden auch die mir Vertrauten Fremde, ihre Gesichter trüben sich ein, ihre Leiber ermatten, und gleich darauf hüllt der Nebel ihre schlappen Bewegungen ein. Die Radfahrer brettern in ihrer fluoreszierenden Tracht mit über den Lenker gebeugtem Helm über die Grenze, und auch ihnen wird, ihren muskulösen Waden und beinharten Schenkeln zum Trotz, innerhalb kürzester Zeit der Garaus gemacht.

Ich wende mich ab und dringe immer tiefer ins Reich der Lebenden ein: Wanderer und Einkäufer begegnen mir, Züge und Autos fahren an mir vorbei, in jeder zweiten Haut steckt ein Mensch und will für sich, in seinem kurzen, endlosen Schwebezustand zwischen Anfang und Ende, zwischen erstem Schrei und letztem Röcheln, in seiner absoluten Fremdheit und Ähnlichkeit zugleich betrachtet sein. Wie selbstverständlich jeder seine gewohnten Bahnen dreht! Wie fraglos jeder sich in sein spezielles, bis in die kleinsten Einzelheiten – und vor allem in diesen – eigens auf ihn zugeschnittenes, geradewegs auf sein Ziel zulaufendes Leben ergibt! Manche haben Berufe, sind Ornithologe, zahntechnische Assistentin oder Polizist. Sie beneide ich um die Präzision ihrer Gesten, ihren klar umrissenen Zuständigkeitsbereich und ihre Uniform. In jeder dieser Häute steckt ein Wesen, das »ich« und »mein Magen«, das »Pflichtgefühl« und »hoffnungslos« sagen kann. In jeder stecken Väter und Mütter, Trugbilder und heimliche Wünsche, jede hat einmal, die eine nach den Sternen, die andere zum Diktator, die Hand ausgestreckt.

In der Stille der Kammer versuche ich, Ordnung in das Gewühl der Geschöpfe und Erscheinungen zu bringen. Darüber wird es Nacht. Im Fenster leuchten die Straßenlaternen wie rechteckige Gestirne im Sternbild der Großen Schlange. Über ihnen brennen die Himmelsbrillanten unzählige winzige Löcher in die Finsternis, und so entsteht ein Sieb, durch das ich vergeblich versuche hindurchzuschauen. Der Himmel erinnert an jene mit wirren Punkten bedeckten Blätter, auf denen, wenn man die richtigen, der Einfachheit halber nummerierten Punkte miteinander verbindet, eine Zeichnung entsteht, ein Gesicht oder ein Drache, die sich plötzlich wie durch ein Wunder von dem bis dahin undechiffrierbaren Durcheinander abheben. Der Mond ist das größte der Löcher, die in dieses schwarze Blech hineingestanzt sind, oder das Blech ist ein Kuchenblech, und der Mond liegt als buttergelbes Vanillekipferl darauf.

Vieles fällt einem zum Himmel ein, wenn man sich einmal die Mühe gibt, über ihn nachzudenken; nacheinander hole ich mir die Naturphänomene, die Menschen und deren Erfindungen ins Haus und befrage sie nach ihrer bildlichen Aussagekraft und Vieldeutigkeit. So wie Materie sich lediglich wandelt, niemals aber ab- oder zunimmt, so scheint es auch im Denken keinen wirklichen Zugewinn zu geben. Alles Neue entsteht aus dem blitzartig im Geist produzierten Nebeneinander zweier bereits existierender, aber bislang von niemandem miteinander in Verbindung gebrachter, von Grund auf verschiedenen Welten zugehöriger Dinge.

Die Elstern fliegen steif wie ein zielstrebig den Himmel durchquerender Stock und mühen sich mächtig ab, um mit panischem Flügelschlag die von ihnen beschriebene gerade Linie so vollkommen wie möglich zu erhalten. Den Spatzen ist die Waagrechte kein Ideal: Wie kleine Steine fallen sie vom Himmel und fangen sich stets rechtzeitig mit spitzbübischer Leichtigkeit wieder auf. Weit oben kreist überlegen und ohne eine Feder zu rühren der Milan; mit der gleichen Verachtung sieht er zu den Feldmäusen und Menschen herab und zu den Flugzeugen hinauf.

So hüpft mir früher oder später jedes Lebewesen, jeder Stein, jede Treppenstufe ins Bild und will von mir betrachtet und gedeutet werden; alle sichtbaren Kreaturen und Gegenstände sind jeden Tag aufs neue offene Fragen. So jedenfalls will es dem Die-Augen-Offenhaltenden scheinen. Bei längerem Nachdenken muss er sich aber eingestehen, dass alle Deutung des Sichtbaren, bis hin zu dem Wunsch des Gedeutet-Werdens, den er ihm unterstellt, in Wahrheit nur des Betrachters eigener Wunsch nach Verstehen oder wenigstens Ordnen ist, und seine persönliche, unermüdlich wiederholte Deutung seiner selbst. In jeder Blume, jedem Kerzenflackern, jeder Vogelbahn am Himmel, sogar im erahnten Überirdischen sieht der Schauende, jedenfalls solange er das Bedürfnis nach Deutung nicht unterdrücken kann, immer wieder die eigene Scham, die eigene Wut, das eigene Aufbegehren, die eigene Resignation. Diese Egozentrik ist ihm unvermeidbar und als Unmöglichkeit, über sich hinaus- oder hinweg-, hinter- oder vor sich her- oder unter sich hindurchzudenken, angeboren. In der Körperhaltung eines Pfaus oder der Mimik eines Schimpansen kann er nur die Ausdrucksvariationen erblicken, deren er selber fähig ist.

Die Benjamin-Familie ist eine Tiergattung für sich. Welche Gesetze hier gelten, ob die Männchen oder die Weibchen herrschen, wie viele lebensfähige Junge man durchschnittlich gebiert und durchbringt, weiß ich nicht. Mit ein wenig Übung lassen sich jedoch an bestimmten vererbten Verhaltensmustern und Reflexen die Angehörigen dieser Säugetier-Kategorie durchaus erkennen. Während seiner jährlichen einwöchigen Ferienwoche betreibt das Kind eine geheime Feldforschungsstudie und notiert Besonderheiten in der Lebensweise und sonstige Auffälligkeiten. So gebietet offensichtlich den Mitgliedern der Vater-Familie ihr Instinkt, saubere Teller nicht, wie das Kind es von zu Hause gewohnt ist, übereinandergestapelt, sondern aufrecht und nebeneinander in den Schrank zu stellen. Durch die blankgeputzten Glasvitrinen starrt das Kind ungläubig die handbemalten Porzellanschöpfungen an, die in ihrer vertikalen Zwecklosigkeit dem Namen und der Funktion »Teller« schon seit Jahrhunderten entwachsen sind und auf das gemeine Geschirr herabschauen wie geschniegelte Hofdamen auf schlammbespritzte Bäuerinnen.

Ebenso sind bestimmte Namen, wie Siegfried oder Mechthild, sowie Redeweisen in der Vater-Familie als nicht standesgemäß verpönt und können bei Aufnahmegesuchen in den Familienclan zu einer automatischen

Zurückweisung führen. An Kandidaten mangelt es indes nicht; so mancher, der gerne in die Benjamin-Sphäre gelangen würde, glaubt, es genüge, hohe intellektuelle Verdienste vorweisen zu können oder gar, in Ermangelung jeglicher Verdienste, einfach einzuheiraten. Diese Aufnahmeverfahren bleiben manchmal über Jahre oder Jahrzehnte in der Schwebe; ein falsches Wort oder eine kluge Miene genügt, um die Waage leicht auf die eine oder die andere Seite zu neigen. Das Verfahren des Kindes zum Beispiel läuft schon seit seiner Geburt, und es wird unentschieden bleiben bis zu seinem Tod. Diese ein Leben lang währende Unentschiedenheit ist der beste Ausgang, den die Antragsteller für ihre Gesuche erhoffen dürfen. In den meisten Fällen wird der Antrag schon nach kurzer Prüfung abgelehnt.

Die Mutter, nicht in der ersten, aber in einer der folgenden Prüfungen durchgefallen und zudem allmählich des Alleinseins überdrüssig, ehelicht einen Mann namens Willi, dessen Name allein schon, ohne dass er sich je beworben hätte, ein Im-voraus-Durchgefallensein, die Unmöglichkeit einer Aufnahme in die Vater-Familie bescheinigt.

Das Kind steigt weiterhin jedes Jahr einmal in ein Flugzeug, das zum Vater fliegt, und damit es nicht verlorengeht, bekommt es von einer lächelnden Stewardess ein Schild umgehängt, auf dem der Name, ob des Vaters oder der Mutter weiß es nicht mehr, jedenfalls wohl ein Name, steht. Einmal angekommen, fallen dem

Kind weitere Besonderheiten ins Auge: So läuft man zum Beispiel in der Vater-Familie so gut wie körperlos durch die Welt. Eigentlich hat man nur Hände und ein Gesicht. Hausschuhe und Morgenröcke, Wärmflaschen und Toiletten benutzt man aus Überzeugung nicht. In dem Raum, der vom Körper nicht genutzt wird, kann sich der Geist nach Belieben ausbreiten und entfalten. Wo das Kind zu Hause ist, hat dagegen der Körper einen Rumpf, an dem Arme und Beine befestigt sind, er hat Achsel-, Nasen-, Stirn- und noch manche anderen, unbegreiflicheren Höhlen. Dieser umfangreiche, allgegenwärtige Leib muss in einem fort gereinigt und ernährt und warm gehalten werden. Da bleibt nicht viel Zeit und Kraft, um das Schöne zu genießen und nach Höherem zu streben.

Das einzig Höhere, wonach das Kind strebt, und zwar vom ersten Tag an und für alle Zeit, ist die Vater-Familie mit ihrer platzraubenden Telleranordnung, den weichen Ahnen-Kissen, in die sie gebettet ist, und ihrer, wie das Kind unschwer einsieht, fundierten Selbstzufriedenheit. Der Vater wohnt in den Gipfeln. Hier gibt es kein Höher-Hinauf mehr, nur ein Ins-Tal-Schauen und Sich-an-der-reinen-Luft-Erfreuen.

Für diese Gipfel, zu denen es nie einen Zugang, einen sei es noch so schwierigen Aufstieg, sondern immer nur ein Hinaufschauen und -begehren gibt, ist das Kind dem Vater rückblickend dankbar. Das Hinaufschauen hat aus ihm einen Menschen gemacht. Das

Wissen um die eigene Unzulänglichkeit und Nichtswürdigkeit, das sich keine Sekunde lang aus dem Bewusstsein hinauskatapultieren lässt, hat einen schreibenden Menschen aus ihm gemacht. Nur sehr spät und allmählich hat es gemerkt: geschrieben, gemalt, gesungen werden kann nur hinauf, niemals von den Gipfeln herab. Und es war froh, falls überhaupt zu jemandem, dann zu jenen zu gehören, die sich mit ihrer Kunst, mit ihren armseligen Künsten, mit ihrem inneren Pochen und Stillhalten und Rufen und Lauschen in Gegenden, in denen man nicht geboren wird, in selbsteroberte, jungfräuliche Höhen oder Tiefen vortasten. Denn nur aus diesen inneren Niederungen und Höhenlagen führt ein Weg – auch wenn er nie zu finden sein wird – in einen ersehnten Ort, in ein wohnliches Gewölbe, in ein Himmelreich.

Im Hintergrund springt der Kühlschrank an und erschüttert mit einmal die Stille und die Einsamkeit. Überall werden, wenn es dunkel wird, die Sehenswürdigkeiten, Baudenkmäler, Schlösser und Kirchen angestrahlt. In der Nacht stellen sich die Machthabenden, also das Licht An- und Ausschaltenden, bloß. Wenn sich einmal am Tag die Welt dem Auge entzieht, scheint es für sie keinen Zweifel zu geben, was würdig ist, gesehen zu werden, und was nicht. Nie käme ihnen der Gedanke, einen Baukran anzustrahlen, einen Pflasterstein, der sich etwas gelockert hat, oder einen Baum, oder eine Vogelspur im Sand. Von einem anderen, mindestens ebenso selbstgewissen Machthaber werden unabänderlich und manchmal schon am Nachmittag der Mond und die Sterne angestrahlt, auch wenn die Wolken oft frech genug sind, um die Sehenswürdigkeit der Himmelskörper in Zweifel zu ziehen.

Ich reiche beim Bürgermeister den Vorschlag ein, die Auswahl der in der Gemeinde anzustrahlenden Fleckchen Erde von jetzt an mir zu überlassen, und dieselben Gelder, die bislang jährlich für die abendliche Beleuchtung öffentlicher Bauwerke verwendet wurden, zur Bestrahlung der von mir gerngesehenen Ausschnitte zu nutzen. Der Bürgermeister antwortet: Sehr geehrte Frau Weber, für Ihren Vorschlag, uns bei der Beleuchtung der städtischen Sehenswürdigkeiten mit Rat und Tag zur Seite zu stehen, möchten wir Ihnen recht herzlich danken. Leider sehen wir zurzeit keinen Grund, an dem nächtlichen Beleuchtungsprogramm unserer Gemeinde etwas zu ändern. Sowohl den Anblick des Schlosses als auch der historischen Fassaden des Marktplatzes glauben wir unseren Mitbürgern und von weit her, zum Teil aus dem Ausland angereisten Gästen auch des Nachts schuldig zu sein. Bedauerlicherweise lässt unser Haushaltsplan in diesem Jahr eine weitere Erhöhung des Energieverbrauchs nicht zu. Wir hoffen auf Ihr Verständnis und verbleiben mit freundlichen Grüßen Ihr Otto Luchs, Bürgermeister, im Auftrag unleserlich.

So muss man sich, um das Leben unterhaltsamer zu gestalten, mitunter ganze Brief- und Regierungswechsel zusammenspinnen. Indessen hat der Mond es geschafft, sich unbemerkt aus dem Fenster zu manövrieren und in Richtung Horizont zu entfliehen, wo er sein scheckiges Antlitz den Bewohnern der anderen Erdhälfte zuzuwenden gedenkt. Auf seiner glatten Oberfläche sind, klar umrissen wie Kontinente, Schattierungen zu sehen, »Mondteile«, die von einem milchweißen Meer umflossen werden, von dem in klaren Nächten Tropfen auf die Erde fallen. Auch die Sterne sind auf das Universum verteilte Lichtspritzer; mit ihnen enden die drei Teile der Göttlichen Komödie. Die Hölle sitzt tief drinnen: im Mittelpunkt des Kopfes, der menschlichen Existenz, der Erde. Wie um einen Kiesel, den, wenn man ihn in einen See wirft, auf der Wasseroberfläche konzentrische Kreise umgeben, ordnen sich neun Himmel um den großen Stein Erde. Dann, wenn die Sehnsucht fortlebt und die Hoffnung schwindet, fängt die Hölle an und verengt sich ihrerseits kreisförmig, bis auch sie sich erschöpft und nicht mehr weitergeht. Am Eingang des dritten dieser Kreise steht der rotäugige, vor Wut bebende Zerberus, reißt seine drei stinkenden Mäuler auf und zerfleischt die gepeinigten Geister, deren Qual in seinen Krallen kein Ende kennt. Sein Geheul ist so, dass man sich nichts sehnlicher wünscht, als keine Ohren zu besitzen, aber natürlich wird einem dieser Wunsch, wie jeder andere vor ihm, nicht erfüllt. Die Höllenbewohner sind Schatten, die Regen und Hagel auf den Boden nageln. Auch die einst völlten und prassten, sind nicht schwerer und voluminöser mehr denn Schatten und werden tagaus, tagein geschunden, zertrampelt und angebellt. Während ich die Höllenkreise nachfahre, schleicht der Mond weiter in seinen eingefahrenen Bahnen. Wenn der Morgen graut, ist er den Afrikanern ein tränendes Auge und ein heißer Tropfen auf den glühenden Wüstenstein.

Es ist Krieg. Das Kind und der Vater, die Amerikaner, die Spanier, die Rumänen, die Jemeniten, die Kenianer, die Briten, die Chilenen, die Japaner sind tot. Es hat einmal einen Vater und ein Kind gegeben, es hat einmal Milliarden von Vätern und Kindern gegeben. Der Mond dreht sich unbeirrt weiter, wie ein Autoradio noch weiter vor sich hin dudelt, nachdem der Wagen schon längst gegen einen Baum gefahren ist, alle Insassen sind tot. In den Zeitungen kann man nicht mehr nachlesen, wie das Unglück geschehen konnte, die Journalisten sind tot. Die Dichter, die bis zuletzt noch ihre Notizbücher füllten und ihr Hauptwerk, ein groß angelegtes Kriegsepos, planten, sind tot. In den Ruinen wohnen jetzt die Schatten, die zuvor in den neun Höllenkreisen eingeschlossen waren. Sie sind dick und rund geworden und singen aus voller Kehle lüsterne Lieder. In einem Bombenangriff ist nach langem Todeskampf auch Zerberus gestorben. Die Sonne scheint den ganzen Tag.

Im Roman, der nichts ist als ein nach Glaubwürdigkeit strebendes Märchen, hätte es ein glückliches Ende geben können. Ein Buch mit offenem Anfang aber, das arm ist an Erfindungen und Tricks, die angetan sind, den Leser bei Laune zu halten, kann mit diesem nur als Posse, dafür aber mit vielen anderen möglichen Ausgängen dienen. Jeder geschriebene Satz, jeder Gedanke ist von einer hinzugefügten oder gestrichenen Silbe, manchmal schon von einem einzigen Buchstaben, aus dem Gleichgewicht zu bringen und somit in eine andere Richtung zu bewegen. Wie der Romancier seine Figuren in den Griff zu bekommen und den Notwendigkeiten und Anforderungen der Geschichte entsprechend zu leiten versucht, so bemühe ich mich unter größter Willensanstrengung, die Worte und Silben und Buchstaben in Schach zu halten und nicht der Bequemlichkeit nachzugeben, die mich dazu verführen will, mich ihrem Drängen und Ziehen zu überlassen und mich vom ersten bis zum letzten Satz von ihnen ins Schlepptau nehmen zu lassen. Zudem ist Vorsicht geboten: Wer einmal kurz nicht aufpasst, ist schnell von den in alle Himmelsrichtungen davonstiebenden Buchstaben und Silben auseinandergerissen und geviertteilt, und ob er dann noch weiter Bücher schreiben kann und will, steht dahin. Die Geschichte nimmt den Geist des Romanciers, und in dessen Folge auch den Geist des Lesers, an die Hand oder an die Leine und führt ihn über die Straße, oder sie geleitet ihn gar nach Alaska, in ein thailändisches Bordell oder in die gute Stube einer Nebenfigur, wo er sich von den Mühen des Erzählerdaseins eine Weile ausruhen darf. Mich hingegen führen die Worte in ein Gewirr aus Klängen und Bedeutungen, in einen Urwald, durch dessen Verstrickungen ich mir, wenn ich nicht auf der Strecke bleiben will, einen Weg bahnen muss.

Der Wind bläst ein paar Spaziergänger an meinem Fenster vorbei, sie tragen marineblaue Mützen und neigen ihre geröteten Gesichter über die Chaussee. Im rotweiß umrahmten Spiegel über der Kreuzung hängt die leere Straße als unbelebtes, fast abstraktes Landschaftsbild, dessen einzige Betrachterin ich von morgens bis abends bin. Die Spaziergänger ziehen daran vorüber wie Museumsbesucher, die, in ihren Kunstführer vertieft, keinen Blick auf die ausgestellten Gemälde verschwenden. Einer von ihnen hat einen Fotoapparat dabei.

Fotografen sind Menschen, die einen tragbaren Rahmen besitzen, den sie allem Sichtbaren nach Belieben per Knopfdruck aufsetzen können. Die Ausschnitte, in die sie so die Welt zerpflücken, lösen sich augenblicklich und ohne Bedauern aus ihrem Zusammenhang und geben vor, schon immer als eigenständige Einzelkompositionen existiert zu haben. Dem Schreibenden ist der Satz der Rahmen, in den er ein Stück sicht- und hörbare Natur oder Zivilisation einsperren kann (allerdings, das hat er dem Fotografen voraus, dehnt sich sein Jagdgebiet auch auf das weder zu Sehende noch zu Hörende aus). Zwischen zwei Satzzeichen passt vieles, was im täglichen Leben oder im Kameraobjektiv nicht miteinander zu vereinbaren ist. Der Mond hat sich hinter die Wolken verzogen und ist somit für diesmal wenn nicht mir, in deren Innerem er ein für allemal wie eine schimmernde Tiefseeperle versenkt ist, so doch dem fotografierenden Spaziergänger entwischt.

Auch ein Vater ist ein Spaziergänger, der durch das Leben seiner Kinder wandelt und sie in allen Etappen ihrer Entwicklung – auf allen vieren über das Linoleum krabbelnd, o-beinig aufrechtstehend, die Schultüte im Arm und ein angestrengtes Lächeln auf den Lippen, an die Reling eines großen Schiffes gelehnt – knipst. Ist ein Vater nicht jemand, der, wenn das Schiff ablegt, am Ufer steht und winkt?

Mit diesen Worten könnte das Buch jetzt enden, sogar für eine Verfilmung wäre ein solches Ende durchaus geeignet: Man sieht zunächst aus mittlerer Entfernung das Kind, das sich mit einer Hand an die Reling klammert und mit der anderen zaghaft winkt, dann nähert sich die Kamera seinem Gesicht und, siehe da, eine Träne rinnt. Nun wird der Vater eingeblendet, wie er mit einem Taschentuch wedelnd an der Kaimauer steht und aufmunternd zu dem sich entfernenden Schiff hinüberlächelt. Dann noch ein letztes Bild, auf dem nur noch das Schiff zu sehen ist, nun schon so weit draußen auf dem Meer, dass das Kind nicht mehr zu erkennen ist.

Ein Kind ist ein Wesen, das den Abschied kennt.

Eines Tages – jeder wusste, dass es so kommen würde, aber keiner hat je recht daran geglaubt – greift in dieses Bild jemand ein, der die Plätze vertauscht: Das traurige Kind steht nun an Land, während sich das Schiff mit dem aufmunternd lächelnden Vater langsam entfernt. Dieser Abschied ist der letzte. Der Vater verschwindet am Horizont.

Möge der Mond ihm weder Leichenhemd noch Heiligenschein, sondern eine warme Decke, einen weichen, lichten Mantel umlegen. Mögen die neun Himmel sich wie ineinandergreifende Regenbogen über ihn wölben. Möge er mir, der ewig Anklopfenden, ewig auf ein Zeichen Lauschenden, ihr beharrliches Vor-der-Türe-Stehen und Um-Einlass-Bitten verzeihen. Möge Zerberus, auf der Schwelle zum dritten Höllenkreis, wo er postiert ist, über ihn wachen. Mögen die Jahre, die kommen, ihm muntere Bäche, schattengrüne Wälder und moosbewachsene Wege sein.

So lautet ein Gebet, das ich spreche. Vor dem Fenster blitzen die Rücklichter eines Autos wie rote Raubtieraugen aus den Bäumen hervor. Dann brummt der Motor satt und leise, und die Lichter, bald sichtbar, bald von Ästen verdeckt, springen behende durch Dschungel-Buschwerk davon. Gebete habe ich so viele gesprochen in letzter Zeit, dass der liebe Gott nur müde abwinkt oder sich die Ohren zuhält. Wer nicht mehr beten kann, dem bleibt nicht viel zu tun. Ich reise umher und verwandle mich mit der Zeit in einen unveränderlichen, mir selbst von Tag zu Tag fremderen Ort, um den die Landschaften herumstehen wie neugierige Menschen; ich bin dann ein See oder ein stilles Wäldchen, das sie eine Weile lang anschauen und wieder vergessen.

Morgen ist angeblich auch noch ein Tag. Wie gestern und vorgestern sticht mir die Parklücke vor dem Fenster ins Herz. Ich sinke in mich zusammen und dem Junikäfer zu, der sich zu meiner Rechten den Vorhang hocharbeitet und mit anrührender Naivität versucht, ganz allein und aus eigenen Kräften den dicken, einfarbig weißen Stoff in einen gepunkteten zu verwandeln. Wenn ihn die Hoffnung verlässt, reißt er manchmal jäh die fallschirmartigen Flügel hoch und dreht eine Runde. Rat- und ziellos fliegt er wie aufgezogen kurz im Zimmer umher, ein winziges, verwirrtes Kinderspielzeug, das die Natur, aus einer ihrer vielen »Launen« heraus, denen wir unsere Eigenarten und überhaupt unser Dasein verdanken, den geflügelten Lebewesen hinzugesellt hat. Weit über ihm hängt mit weit ausgebreiteten Flügeln der Milan wie ein am Himmel aufgespießter Schmetterling, ohne von mir noch von dem aufgedrehten Spielzeugtier, noch von den Wolken, die träge über ihm vorbeiziehen, Notiz zu nehmen. Tiere interessieren sich nicht füreinander, es sei denn, das eine kommt für das andere als Paarungs- oder Nahrungsmöglichkeit in Frage. Dem Geflügeltsein, das beiden gemeinsam ist, zum Trotz, ist für den Milan der Junikäfer inexistent.

Mir ist der Junikäfer vom ersten Augenblick an zugleich Gegenstand des Erstaunens, Mysterium, Freund und Gefährte. Unbeirrbar. Unbegreiflich. Am nächsten Tag tot.

Vor mir von früh bis spät die acht Fensterquadrate. In jedem ein Gleichgewicht aus Licht und Schatten, ein Ineinander von Farben, ein Quader Welt. Was hat es bloß auf sich mit diesem senkrechten Himmel-und-Hölle-Spiel, mit dieser Hinter-Glas-Malerei, die sich in jeder Sekunde wandelt, aber so minimal, als betrachte man einen in extremer Zeitlupe ablaufenden Film, dessen Handlungsablauf nur deutlich werden könnte, wenn die Filmrolle noch einmal in erheblich schnellerem Tempo abgespult werden könnte; nur dann würde der Zuschauer vielleicht verstehen, was dem Filmemacher während der Dreharbeiten vorschwebte, worauf er hinauswollte, zu welchem Zweck er Tag für Tag die Hauptdarsteller Sonne und Mond auftreten lässt und die zahllose Figuranten-Schar der Gestirne. Lauter Metaphern, die einem durch den Kopf spuken und so tun, als könnten sie die rätselhaften Erscheinungen und ihre Regelmäßigkeiten, die Große Bildabfolge im Fenster erklären. Vor mir die acht Fensterquadrate, jetzt erloschen und mit Dunkel getränkt.

Ich taumele einem schweren Auto nach die Dorfstraße hinab, doch dieses Dorf hier heißt nicht Cerbère, es liegt an keiner Grenze, jedenfalls wohl nicht an der zum Tod. Oder doch? Es ist Karnevalszeit in diesem

Gespensterort. Die Frauen der evangelischen Pfarrgemeinde spielen Wilder Westen und verkleiden sich als Squaws. Doch offenbar sind Bankräuber im Anzug: Die Bewohner des Städtchens haben – welch schöner Ausdruck – das Weite gesucht, die Läden stehen leer, ein Salon am anderen, verlassen, öde. Ich bin als Einzige übriggeblieben, vielleicht hat man mich zu benachrichtigen vergessen, oder ich war schon tot. In jedem Knarren im morschen Gebälk des Hauses höre ich einen vertrauten Schritt, in jedem dumpfen Nachtvogelruf klingt mir eine zugeschlagene Autotür mit. Ich warte nun schon so lange; selbst die Gangster scheinen vergessen zu haben, dass sie kommen, dass sie den Ort überfallen wollten.

Mehrere Milliarden Erdbewohner soll es geben. Wenn ich aus dem Haus gehe und loslaufe, begegne ich niemandem. Bleibe ich, wie immer den Blick auf das Fenster gerichtet, an meinem Tisch sitzen, glaube ich manchmal im rechten oder linken Augenwinkel, ganz außen, nur noch als Bewegung zu erkennen, jemanden zu sehen. Aus Angst vor Enttäuschung wende ich den Kopf nicht mehr: Es gibt ja im Fenster so viel Beachtenswertes, wenn auch nichts Menschliches mehr zu sehen. Wieder einmal fliegt ein Vogel durchs Bild, weit weg, aber aus meiner Perspektive betrachtet, genau an einer Hochspannungsleitung entlang, als sei diese extra für ihn oder überhaupt als Leitfaden für verirrte Vögel gespannt. Die Perspektiven, wenn man sie einnehmen könnte, wie man wollte, was ließe sich nicht alles mit ihrer Hilfe verstehen und lösen, oder wenigstens aus der Enge einer einzigen Fragestellung befreien. Könnte man jederzeit entscheiden, den Gegenstand seiner geistigen oder visuellen Betrachtung aus nächster Nähe oder aus ein paar tausend Kilometern Entfernung, von der Seite, von hinten oder von unten zu sehen, würde sich eine Fülle neuer Bedeutungen und ungeahnter Zusammenhänge ergeben. Man wäre nicht länger an seinen überaus eingeschränkten, im Rahmen der geistigen und körperlichen Bewegungsmöglichkeiten des Menschen nur leicht variierbaren Standpunkt angekettet, sondern würde über geradezu unendliche Ansichten und Auslegungen verfügen. Statt dessen hat man, selbst wenn man glaubt, »keinerlei Perspektiven mehr zu besitzen«, immer nur die eine, die seine, die lediglich an andere Orte verpflanzt werden kann. Meine ist heute die Fenster-, die Hinter-Glas-Perspektive, aus der es so manches zu entdecken und ausgiebig zu betrachten, aber nichts zu berühren gibt.

Reglos schaue ich hinaus: Draußen weht kein Lüftchen, kein Ästlein schaukelt leise, kein Vogel flattert in der Ferne. Für Sekunden ist mir, als seien das Drinnen und das Draußen zu einem Schnappschuss geronnen, auf dem meine traurige Miene durch ihre Verfestigung im Augenblick etwas Komisches bekommt.

Eine Schwalbe stiebt von rechts ins Bild und vereitelt alle heimlichen Bestrebungen, der Zukunft durch konsequenten Stillstand zu entkommen. Wie sonst als durch rigorose Bewegungslosigkeit könnte man wohl dem Fortschreiten der Zeit und seinem absehbaren Ziel entgehen? Langsam kommen nun auch die anderen Bildkomponenten, darunter vornehmlich kahle Bäume und Sträucher, wieder ins Beben. Wie zittrige Greise wackeln sie sachte mit ihren dürren Astfingern. Vielleicht müssen die Alten nur deshalb sterben, weil es ihnen nicht mehr gelingen will, durch völlige Reglosigkeit den Tod auf Distanz zu halten, sich möglichst unsichtbar vor ihm zu machen?

Das Telefon klingelt, und das kaum Hörbare am Leben zieht sich augenblicklich ins Unkenntliche zurück. Der Vater unternimmt eine Spritztour und kündigt eine Stippvisite an. Über die Worte Stippvisite und Spritztour kann man sich, zumal wenn sie im selben Satz auftauchen, ungezwungen begeistern. Ist es nicht schön zu hören, wie der vornehmen französischen Visite mit einem Stipp der Wind aus den geblähten Segeln genommen wird? Unterwegs von einer fremden Kunstsammlung zur eigenen, führt den Vater der Weg an meinen Fensterquadraten vorbei. Davor ist gerade noch eine Parklücke frei. Der Beifahrersitz ist wie immer ein Beifahrerinnensitz.

Ich lache und weine mir ins Fäustchen – ein Fäustchen, das ich zum Vater und zum Himmel emporrecke und das sich heute zu einem Buch zusammenballt, zu einem ohnmächtigen Schwarz-auf-Weiß, das sich seines Grolls schämt und in dem es in keinem Moment zu wirklicher Gotteslästerung langt. Noch verharrt das Schiff am Horizont. Ich stehe da und hebe die Hand, winke dem Fremden, dessen Züge ich trage, dessen Schwächen und Stärken, stets umkehrbar die einen in die anderen, ich habe.

Vorwürfe kann der Vater am allerwenigsten ertragen, sagt die Mutter gerne, die nun schon ein Vierteljahrhundert keine Gelegenheit mehr hatte, ihm welche zu machen. Ich, die ich hin und wieder die Gelegenheit gehabt hätte, habe sie, vielleicht die mütterliche Warnung im Ohr, nicht genutzt, bin allerdings als quicklebendiger, von Jahr zu Jahr schwerer wiegender, wohl behüteter Vorwurf zur Welt gekommen. Als solcher sitze ich nun am Fenster und schaue imaginären Schiffen nach; vor mir liegt heute kein See und kein Meer, sondern der Rhein, mit mächtigem Drang fließt er hinter den Bäumen dahin; vertraute ich mich ihm an, triebe er mich ein paar hundert Kilometer weiter am Vater-Haus vorbei. Der Vater stünde hoch über dem Fluss, neben sich auf der Fensterbank das schöne alte Modell-Segelschiff mit seiner komplizierten Takelage, und sähe mich als Treibgut vorüberziehen – wenn sein Blick nicht über mich hinweg zum anderen Ufer schweifte, wo sich eine andere Niederlassung der Vater-Familie befindet. Der alte Kater streifte ihm durch die Beine und schnurrte vor selbstbereitetem Vergnügen. In der einbrechenden Dämmerung schlummerten im Hintergrund die werten Ahnen. So verbinden einen die Gewässer mit der eigenen Herkunft und mit der Geschichte unbekannter Vorfahren.

Aber ich rolle nicht in den Rhein, betrachte nur täglich das Tal, durch das er sich vor Urzeiten seinen Weg gefressen hat. Bei klarem Wetter ist die Landschaft übersichtlich wie ein Gesellschaftsspiel; die Kirchtürme sind vereinzelt über das Brett gestreute Figuren, mit denen die Ortschaften kreuz und quer durch die Lande ziehen. Ein Atomkraftwerk öffnet seine dampfenden Trichter. Darüber liegt ein Himmel, der nach keiner Seite ein Ende nehmen will, der mild und klar die Lungen bläht und Wolken hat, die als Schaumkronen auf dem zarten Blau schwimmen und keinerlei Zweck erfüllen. Zwei Drittel des Raums nimmt er spielend ein, dieser schwerelose, von einem alten Niederländer in Öl gemalte, nach allen Richtungen die Erde umarmende Himmel. Dass die Erde rund sein soll, scheint unwahrscheinlicher denn je, so flach streckt sie sich aus, untergliedert in ihr großzügiges Feldermosaik, bis der Dunst sie auflöst und den Blick zerstäubt. Überall ragen die Kirchtürme wie Bleistiftspitzen ins Licht und täuschen ein Zeitalter vor, das längst verflossen ist. Wer in die Ebene eindringt, geht der Weite verlustig; was bleibt, ist ein zerfranster Wegrand und darüber ein Sich-Verlieren in den weichen Himmelsfarben, dem satten Blau und dem sahnigen Weiß, die dem Endlosen eine Tiefe verleihen.

Manchmal, wenn der Himmel weit offen und tief ist wie heute, meine ich, Kopf im Nacken, den Blick in die Zeit selbst zu versenken. Nachts geben mir die Sterne recht, die aus tiefster Vergangenheit und Einsamkeit zu mir hinunterfunkeln. Auch wenn sie über die Erde schweifen, verlieren sich die Augen oft im Gewesenen: Jene Mauer dort reicht von einem fernen Zeitalter in das unsere, jener Baum wurzelt in einem fernen Jahrhundert. Doch der Himmel allein bewahrt die Zeit, die weder erfasst noch gedacht, sondern nur noch erahnt und gespürt werden kann, die bodenlose, schwindelerregende Zeit, in der die Gestirne zur Welt gekommen und zur Welt geworden sind. Die Erde ist eine Schwester der Sterne, aber so nahe, wie wir ihr sind, und bedeckt wie sie ist mit neu Hinzugekommenem, von Menschenhand Errichtetem, lenkt sie den Blick des Betrachters stets von sich selber ab. Für den die Augen zum nächtlichen Himmel Hebenden ist die Zeit kein Schacht mehr, kein Tunnel mit Ein- und Ausgang, den er in vorgegebenem Tempo durchschreiten muss. Vielmehr dehnt sie sich in alle Richtungen zugleich, steingeworden fliegen die Jahrmillionen, das Sonnenlicht auffangend und einander zuwerfend, durch die Finsternis.

Während ich der Zeit nachsinne – in jedem noch so trockenen Gedanken stecken, das ist auch der Sprache nicht verborgen geblieben, die Sinne –, fährt ein Auto vorüber, aus dessen Innerem dumpfe Bässe wie ein gleichmäßiger Herzschlag tönen. Pulsierend kriecht das bloße Organ über die Hänge; ein dickhäutiges Tier in einer sanftmütigen Umgebung, die ihm fremd und gleichgültig ist. Auch Wohnungen und ganze Häuser pochen mitunter in ähnlichen Rhythmen: lauter behäbige Lebewesen, die sich und den anderen gerne den Beweis erbringen, dass sie noch atmen und nicht tot sind.

Unten im Ort erübrigt sich jeder Beweis; da hebt sich keine Brust, da fließt kein Blut mehr durch brüchige Adern. Auch die Fastnacht kann diese Einöde nicht wiederbeleben. Ein Traktor zieht die auf einem Anhänger zappelnden Karnevalsleichen von Dorf zu Dorf, vorbei an Friedhöfen, auf denen die Gräber mit ihrer säuberlich geharkten Erde und ihren regelmäßig ausgewechselten Blumensträußen sich wie niedrige Esstische ausmachen. Das Wort »Stippvisite« fällt mir wieder ein. Wer hier plötzlich und unangemeldet stürbe, käme in ein gepflegtes, jederzeit saubergehaltenes Territorium, in dem kein welkes Blatt geduldet wird und keine leere Vase und kein liegengelassener Gartenschlauch. Auf den sorgsam geschmückten Tischen sind als Trittplätze Steinplatten angeordnet wie gleichmäßig verteilte Teller, vor denen demnächst Gäste Platz nehmen werden.

Der Vater hat dem Tod eine Stippvisite abgestattet, hat angeklopft und den Kopf durch den Türspalt gesteckt, dann klingelte im Hintergrund ein Telefon und holte ihn wieder ins Leben zurück. Über den Hügeln versprengt manchmal ein Hubschrauber Kalk. In dunklen Wolken quillt es aus an langen Stricken am Hubschrauberbauch hängenden, über den Baumkronen hin und her baumelnden Kugeln, was aussieht, als würden über den Wäldern Weihrauchgefäße geschwenkt. Die Kirche, in der diese Messe zelebriert wird, reicht von einem Gedankenpfeiler zum andern, von Horizont zu Horizont. Im Kirchenschiff tirilieren tausend unsichtbare Vögel, Radfahrer huschen geduckt und rot bekleidet durch den Klangkörper Welt. Ich bin verwirrt über die Schönheit und Gleichgültigkeit der jeden Tag, jede Sekunde sich wandelnden und diesen Wandel unbeirrt durch die Jahrhunderte tragenden Umgebung, über die Fremdheit und Überlegenheit der Natur, von der man doch ein Teil sein soll. Über das spürbare Vergehen der Zeit. Die Sterblichkeit ist, heißt es, die Strafe, die dem Menschen nach dem Sündenfall zuteil wurde. Aber ist sie das wirklich? Verleidet sie vielleicht den Tieren ihre Existenz? Die eigentliche Strafe ist vielmehr das Wissen um das Sterbenmüssen, das tägliche Daran-erinnert-Werden, jedes Mal, wenn man die Augen aufschlägt und erkennt, wie alles um einen herum atmet und wächst, wie es fault und stirbt und doch bis in unvorstellbare Zeiten weitergeht. Tier sein. Sich scheu in die Büsche schlagen. Geübten Blickes nach Nahrung suchen; wenn es Zeit ist, dem Ruf des anderen Geschlechtes folgen. Wie lästig das Menschsein ist! Wie ermüdend, das Nachdenkenmüssen oder Zu-wissen-Meinen! Die Tiere sind von jeher die Überlegenen. Nicht umsonst ist der dem Tod tagtäglich ins Auge Blickende, der die Toten Beaufsichtigende ein Hund. Der Hund sieht von weitem den Vater nahen: Unsicheren Schrittes bewegt er sich langsam, aber unaufhaltsam auf den Grenzposten zu.

In dem hohen Kirchengewölbe, durch das langsam die Weihrauchgefäße schwingen, gibt es allerseits Platz für buchgewordenen Groll und zur Unzeit angezettelte Streitigkeiten. Ein Flugzeug durchquert das rechte obere Fensterquadrat und merkt nicht, dass seine Flugbahn und die Spur, die es am Himmel hinterlässt, von dem unregelmäßigen alten Glas zu einer wackligen Schlangenlinie verzogen werden. Graurosa ist eine Vielzahl Wölkchen darunter getupft, aber auch diese Geduldsarbeit wird respektlos von dem unebenen Glas zunichte gemacht. Unter den Füßen des Spinnleins, das munter darauf herumspaziert, beginnt das leuchtende Gemälde sich allmählich einzutrüben. Bald haben sich die sorgsam verteilten Wolkenbällchen zu einer löchrigen, gerippten Decke zusammengefügt, hinter der das Universum sich weiter ausdehnt und irgendwann im Unvorstellbaren verliert. Auch heute wieder habe ich den Moment verpasst, in dem die Lichtverhältnisse sich umkehren und die Nacht die Überhand gewinnt; den Moment, in dem die Wolken nicht länger dunkel von ihrem wie von innen erleuchteten Untergrund abstechen, sondern mit einmal blassquellige Gebilde vor dem erloschenen Abendhimmel sind. Noch ein paar Minuten später hat die Finsternis die Fensterscheiben mit ihrer dicken Ölfarbe bestrichen. Die Nacht verwehrt mir die Flucht nach außen; im Spiegel des Fensters beschert sie mir jeden Abend das Bild meiner selbst. Doch darin hat jemand mit kräftiger Hand den Teig meiner Züge durchgewalkt; eine Gesichtshälfte sitzt höher als die andere, die Nase verzieht sich knollig nach links unten: Auf die samtig glänzende Fensterfläche hat Francis Bacon mein Porträt gemalt.

Stalin ist tot, und ich lebe noch, freut sich der Vater, dessen Geburtstag jedes Jahr aufs neue mit Stalins Todestag zusammenfällt. Ich spreche Glückwünsche ins Telefon. Auf beiden Seiten fällt kein falscher Ton.

Der falsche Ton: Er fiel nie, hing über Jahre an meiner Zunge wie der Wassertropfen am Blatt. Nun fällt er in diese leeren Seiten und besudelt sie mit seinen Geschmacklosig- und Ungehörigkeiten. Den richtigen Ton kann man versuchen zu treffen; der falsche trifft einen früher oder später selbst. Mein Leben lang habe ich nach dem richtigen Ton getrachtet und bin doch froh, auch manchmal vom falschen getroffen worden zu sein. Im falschen Ton liegt mehr Wahrheit als im richtigen, er ist unabweisbar und, wenn er sich erst Gehör verschafft hat, klangvoll und klar. Ist der falsche Ton am Ende gar der richtigere? Wenn kein Demuts- oder Versöhnungswille dagegenbläst, ist er plötzlich einfach da, verdrängt alles Gutgemeinte und lässt sich nicht halten, poltert durch die Seite, stößt den Autor und den Leser vor den Kopf oder lässt sie sich aneinander die Köpfe einrennen, entweicht.

Morgens bewegt sich das Rauchfähnchen meines Atems den Berg hoch, und ich staune, wie halb von innen, halb von außen das eigene Keuchen an mein Ohr dringt, nah und laut. Die Körpergeräusche werden, ausgesprochene Kopflaute wie Schlucken und Ohrknacken (beim Gähnen) ausgenommen, als Außenreiz wahrgenommen und fügen sich wie selbstverständlich in die allgemeine Geräuschkulisse, in Vogelgezwitscher und Autolärm, in das Gluckern eines Baches und das Knattern eines Mofas ein. Durch Augen und Ohren dringt man als fremde, von außen wahrgenommene Erscheinung in sich ein.

Bei dem Versuch, meine Sinnesorgane von mir selber ab- und der Umwelt zuzuwenden, fällt mein Blick auf die alte, hohe Mauer, an der ich entlanggehe. In ihrem Schatten lässt es sich gut wandern. Da löst sich ein paar Schritte vor mir ein Stein vom Mauerrand und rollt mir vor die Füße. So entsteht die Idee, der Stein habe auf mein Vorübergehen gewartet und mich durch sein voreiliges Abbröckeln knapp verfehlt. Der Ast, der Ödön von Horváth auf den Champs-Élysées traf, hat besser gezielt. So entsteht weiter die Idee der Vorherbestimmung. Das Zusammentreffen zweier aus unserer Perspektive unvorhersehbarer, zugleich aber von einer unbekannten Größe offenbar nicht nur vorhergesehener, sondern sogar eigens eingeleiteter Geschehnisse erzeugt im menschlichen Hirn die dunkle Ahnung, dass die Zukunft einem schon lange, bevor sie eintrifft, in morschen Treppenstufen und abgenutzten Bremsbelägen, im Körpergewebe und atmosphärischen Spannungen am Himmel auflauert.

Vor dieser Zukunft, die sich in jedem lockeren Ziegel versteckt hält, gäbe es nur dann eine Rettung, wenn man wüsste, an welcher Stelle genau der bewusste Ziegel einen erwartet. In Gedanken versunken, stapfe ich gesenkten Kopfes den Abhang hinauf und stoße mit einer gebückten alten Frau zusammen, deren Ziegel ich fast geworden wäre, wenn ich sie in letzter Sekunde nicht noch vor dem Sturz bewahrt und aufgefangen hätte. Eine andere Zukunft als die unglückliche scheint in den Gegenständen nicht enthalten, und wenn doch, so entzieht sie sich unserer Wahrnehmung. Das Glücksempfinden, das die belebte oder unbelebte Umgebung in einem wecken kann, auf einem moosbedeckten Waldweg etwa oder beim Betrachten eines blühenden Baums, kann offenbar immer nur ein gegenwärtiges oder ein vergangenes sein. Anders als das Unglück, der Unfall, die Katastrophe, scheint das Glück nicht schon immer in der Welt auf uns zu warten.

Dann bin ich auf der Hügelspitze angelangt. Regenschwer liegt das Tal vor mir, im aufkommenden Sturm wirbeln Blätter wie unbeholfene junge Vögel durch die

Luft. Ungeduldig zerrt der Wind an den Bäumen, als habe er ihr ungerührt-frühlingshaftes Treiben satt oder versuche, mit aller Kraft ihr Geheimnis aus ihnen herauszuschütteln. Auch an den Häusern rüttelt er und an den Fensterläden und ist nahe daran, sie aus ihren Verankerungen zu reißen. Ich stehe mitten im aufgewühlten Himmel und sehe zu, wie unter mir die Ebene nach allen Richtungen und Regeln der Kunst gestriegelt und gebürstet wird. In einer nahen, freistehenden Weide fängt sich der Wind und braust und rauscht so mächtig und laut, dass ich das magere, nackte Gewächs verwundert betrachte und mich frage, wie es ganz allein solch ein Getöse zustande bringt.

Auf den langen dünnen Beinen, die auch meinen Leib vom Erdboden trennen, naht der Vater; schon von weitem sehe ich ihn, den Stippvisiteur, durch die vom Sturm gebeutelten Lande ziehen. Von der Anhöhe rutsche ich in das Kind zurück, das ich war, und das hat Beschwerdegründe genug; ich zücke eine Liste mit Vorhaltungen, die ich dem Vater vorzulegen gedenke. Noch bevor dieser mich überhaupt hören kann, reiße ich den Mund auf: Stippvisite, Stippvisite, Stippvisite, lautet die Klage, die ich ins Tal schicke.

Während ich noch dem Vater entgegenblicke, hebt mich der Berg immer höher in den Himmel; um mich herum stehen nun lautlos die Götter: Ich erkenne Hölderlin und Goethe, Robert Walser und Gottfried Keller, Kafka zwischen Melville, Mörike und Michaux, daneben Tschechow und Victor Hugo. Ich wage nicht, den Kopf zu wenden und ihnen offen ins Angesicht zu blicken, stattdessen rolle ich mit den Pupillen und versuche, möglichst viele von ihnen erst in den einen, dann in den anderen Augenwinkel zu zwängen. Für den Bruchteil einer Sekunde werfe ich einen Blick hinter mich, wo die reglosen Reihen der Dichter kein Ende nehmen; dicht aneinandergedrängt stehen sie wie dunkel gewandete Engelsscharen und schweigen. Am liebsten würde ich mich davonschleichen, solange noch Zeit ist und niemand mein unerlaubtes Eindringen bemerkt hat. Andererseits lockt es mich, wenigstens bis zum Eintreffen des Vaters, das ja nur noch eine Sache von Minuten sein kann, in diesem Wachsfigurenkabinett zu verharren. Wer träumte nicht davon, dem Vater einmal ordentlich Eindruck zu machen? Wenn er mich nur sehen könnte, wie ich in der ersten Reihe für dieses Gruppenbild posiere: Müssten nicht augenblicklich meine von ihm früh erkannten Beschränktheiten und Unzulänglichkeiten vor diesem Hintergrund verblassen?

Ich bleibe noch eine Weile unentschlossen und mit verkrampften Gliedmaßen stehen, und tatsächlich trifft der Vater ein, bevor ich mir zum Davonschleichen oder Dableiben ein Herz habe fassen können. Schon von weitem winkt er mir fröhlich zu; ich bin eine Gipsfigur im Kreise der olympischen Götter. Hallihallo, ruft er, schon fast auf meiner Höhe, und von einem plötzlichen

Zweifel ergriffen, drehe ich mich um: Von den Göttern der Dichtkunst ist keiner mehr zu sehen.

Hallihallo, entgegne ich mit dünner Fröhlichkeit in der Stimme und erkundige mich nach der Reise, nach dem Befinden der restlichen Vater-Familie, lenke die Aufmerksamkeit auf das Rheintal, das weiter reicht als das Auge, auf seine Burgen und Zinnen. Angeregt erzählt der Vater von den besichtigten Museen, den in fernen Antiquariaten erstandenen Erstausgaben, und ich würde gerne, kann aber nicht sagen, dass die Autorenschar mich eben noch umstand und mir unaufgefordert den Rücken stärkte, und dass ich manchmal, wenn ich im Wegdämmern aus dem Halbschlaf schrecke, unter meinem Kopf die Dichter spüre, bald Nadelkissen, bald ulkige nächtliche Schaumschläger und Traumboten. Beim Abstieg denke ich bitter: Aber wenn man sie mal braucht, ist keiner da.

Auf der Hochspannungsleitung sitzt ein Spatz und weiß nichts von dem Strom, der unter seinen Füßen hindurchfließt. Mit dieser ungeheuren Spannung in seiner nächsten Umgebung ist er vertraut, ohne dass er sie je bemerkt, was die Vorstellung nahelegt, oder wenigstens die Vermutung zulässt, dass auch ich in unmittelbarer Nähe einer gewaltigen und unter Umständen gefährlichen Größe weile, deren Dasein sich meinem Bewusstsein ein Leben lang entzieht. Mißtrauisch betrachte ich den Stuhl, auf dem ich sitze, dann schaue ich wieder auf. Unbekümmert reckt der Spatz seinen Schnabel in den Wind, lässt schließlich etwas fallen und verschwindet.

Weitergedacht eröffnet diese Idee allerdings auch die Möglichkeit, dass die Größe, die da unerkannt neben mir existiert, ihrerseits nie etwas von meiner Anwesenheit erfährt. Ich gehe stets von einer Macht aus, die mehr sieht als ich selbst. Wie aber, wenn wir einfach nebeneinanderher lebten, ohne einander erfassen zu können, in einer gemeinsamen, nur in verschiedene Wahrnehmungsinseln zerfallenden Welt?

Neidisch schaue ich auf eine Bücherwand, in der sich ein Roman an den anderen schmiegt. Wie gerne wäre ich als Romancier geboren oder zumindest dazu geworden! Im Roman hätte ich mich bald Nora Neumond, bald Susan Sniper oder Katinka Kranke genannt und unter diesen Namen die unerhörtesten Abenteuer erlebt. Ganze Völker hätte ich auftreten lassen, die einen im Orient, die anderen im Okzident, den Bergen hätte ich Lavaströme entlockt und Freudentränen den Hauptfiguren, auf Seite hundertzweiunddreißig wäre ich als Indianerhäuptling oder Einzelhandelskauffrau wiedergeboren. Dreihundert Seiten später wäre ich dann unvermittelt als Tanja Tonfuß aus einer für Ungerechtigkeit, Krieg und Umweltverschmutzung demonstrierenden Menschenmenge getreten und hätte kurz den Vater umarmt, der im Roman gar nicht mein Vater, sondern ein schon etwas älterer, aber rüstiger Bauarbeiter namens Adalbert Stifter gewesen wäre, der, einen gelben Helm auf dem Kopf, auf einer Baustelle gestanden und mit müdem Arm eine Mauer weiß angestrichen hätte.

Nie im Leben hätte ich mich, wie es manche Romanautoren gerne tun, damit begnügt, nur die Namen zu ändern und alles andere, Aussehen, Charaktere und Begebenheiten, möglichst getreulich wiederzugeben, nein, ich hätte die Gelegenheit beim Schopfe gepackt, um die Dinge nach meinem Geschmack und Gutdünken von Grund auf neu zu gestalten. Und wie aufregend hätte die Handlung aussehen können! Statt immer nur im Zimmer zu sitzen und zu grübeln, hätte ich mich nacheinander, oder – unter verschiedenen Identitäten – sogar gleichzeitig, alle Kontinente bereisen, alle Volksstämme studieren, alle Berge erklettern lassen, ich wäre Raubtieren begegnet und hätte mich womöglich auf der letzten Seite von ihnen auffressen lassen. Eine Liebesgeschichte hätte ich natürlich auch eingebaut, vielleicht zwischen einem Tiefseetaucher und einer Astronautin, und weil die Distanz, ohne die solch ein Liebesverhältnis ja angeblich schnell zerbricht, hier nun tatsächlich einmal ausreichend gewesen wäre, hätte ich es mit ein wenig Geschick sogar zu einem Happy-End bringen können. So aber?

So aber bleibt mir nur, in Anlehnung an die Worte des Dankes, die manche Autoren gerne an den Anfang oder ans Ende ihrer Bücher setzen, mich bei allen – Anteilnehmenden? Teilnehmern? Teilhabern? zu entschuldigen, für einen Anfang, der kein Anfang war, und ein Ende, das kaum das Wort Ende verdient, weil es derart offen ist, dass der Wind hindurchpfeift und der Regen alle geduldig auf ein angemessenes Schlusswort Wartenden durchweicht.

Dieses klaffende Ende birgt keinerlei Enthüllung, keine Deutung, keine unerwartete Wende; als Spannungsbogen musste der Faden oder Strang dienen, der von einem Wort, von einem Satz zum nächsten gespannt war, und auch die einzige auf diesen Seiten gewonnene Einsicht entsprang den Worten selbst, ihrer Revolte, dem Denkzettel, den sie mir verpassten: du irrst, wenn du glaubst, wir seien »nur« Worte, riefen sie mir zu. Wir lassen uns nicht von dir benutzen und noch weniger zu deinen Zwecken missbrauchen; den Dingen und Erscheinungen, die wir bezeichnen, sind wir keine leere Hülle, sondern ein zweites Zuhause.

Ich lasse die innere Feder sinken, schließe die Augen und höre ihnen zu.

Wer sich in Frankreich auf den Weg nach Süden macht, die Küstenstraße am Mittelmeer entlangfährt bis nach Spanien hinein, kommt nach Port Bou, an einen Ort, der für den Übergang zwischen Leben und Tod, zwischen Lebenwollen und Aufgeben, zwischen Flucht nach vorne und endgültigem Innehalten steht. Die Reisende, die hier von sich erzählt, bleibt in Cerbère – der kleinen Vorhölle. Dort erreicht sie die Nachricht von der lebensgefährlichen Erkrankung ihres Vaters. Der erinnerten Kindheit entsteigt die Welt des immer schon abwesenden Vaters als eine ersehnte, unerreichbare, zu der man nur hochschauen, aber in die man nicht vordringen kann. Gegen die Welt der großen Geister den eigenen Kosmos zu schaffen und zu behaupten ist eine Aufgabe, der sich die Erwachsene stellen muss und endlich stellen will.

Anne Weber, geboren 1964 in Offenbach, lebt als Autorin und Übersetzerin in Paris. Sie übersetzt sowohl aus dem Deutschen ins Französische (u. a. Wilhelm Genazino und Sibylle Lewitscharoff) als auch aus dem Französischen ins Deutsche (u. a. Pierre Michon und Marguerite Duras). Für ihr Werk erhielt sie zahlreiche Preise, darunter den Kranichsteiner Literaturpreis 2010. Sie veröffentlichte ›Ida erfindet das Schießpulver‹ (1999), ›Im Anfang war‹ (2000), ›Erste Person‹ (2002), ›Besuch bei Zerberus‹ (2004), ausgezeichnet mit dem Heimito-von-Doderer-Preis, ›Gold im Mund‹ (2005), ausgezeichnet mit dem 3sat-Preis, ›Luft und Liebe‹ (2010), nominiert für den Preis der Leipziger Buchmesse, ›August‹ (2011) sowie im Herbst 2012 den Roman ›Tal der Herrlichkeiten‹. Anne Weber schreibt auf Deutsch und Französisch, ihre Bücher erscheinen in Frankreich und Deutschland.

Matthes & Seitz Berlin · Paperback · 076

Erste Auflage dieser Ausgabe 2025
Copyright © 2025
MSB Matthes & Seitz Berlin Verlagsgesellschaft mbH
Großbeerenstr. 57A, 10965 Berlin, Deutschland
info@matthes-seitz-berlin.de
Erstausgabe: 2013 S. Fischer Verlag GmbH
Alle Rechte vorbehalten, insbesondere die Nutzung
des Werkes für Text und Data Mining
im Sinne von § 44b UrhG.
Umschlaggestaltung: Pauline Altmann, Palingen
Druck und Bindung: GGP Media GmbH, Pößneck
Printed in Germany
ISBN 978-3-7518-4527-4
www.matthes-seitz-berlin.de

Anne Weber

Luft und Liebe

188 Seiten, gebunden mit Schutzumschlag
ISBN 978-3-7518-0924-5

In Paris, der Stadt der Liebe, trifft eine Frau mit Anfang vierzig ihren Märchenprinzen: Nicht mehr so schlank und rank wie in den Filmen, dafür aber aufmerksam, zärtlich und charmant und sogar mit einem Schloss in der französischen Provinz. Die Idylle ist vollkommen, ein gemeinsames Leben und sogar ein Kind könnte es mit etwas Glück und medizinischer Hilfe noch geben. Aber ist das wirklich Liebe, oder doch eher Luft? Auf die Probe der Realität gestellt, zerplatzen die schönen Träume wie Seifenblasen. Und die mit großer Leichtigkeit und funkelnder Ironie erzählte Geschichte nimmt ein Ende, das bei allem Schrecken auch etwas Befreiendes hat.

»Ein komplexes Versteckspiel zwischen Romanheldin, Erzählerin und Autorin. Der Leser wird unwillkürlich in die literarischen und emotionalen Spiele um Liebe und Sehnsucht hineingezogen, mit aller Distanz und Sympathie für die Heldin.«
— *Der Tagesspiegel*

Anne Weber

Kirio

Roman
215 Seiten, gebunden mit Schutzumschlag
ISBN 978-3-7518-0121-8

Kirio stellt die Welt auf den Kopf, nicht nur, indem er gerne auf den Händen läuft. Schon vor seiner Geburt in einem Autobahntunnel wurde er der Mutter durch einen anonymen Telefonanruf angekündigt, mit drei Jahren kann er schreiben, bringt aber erst mit sieben seinen ersten Satz hervor, doch vor allem verwirrt er die Menschen durch seine Gutmütigkeit. Nicht weniger rätselhaft als der Protagonist ist der Erzähler, der alles weiß, nur nicht, wer er ist, und der gerne Zeitzeugen von Kirio berichten lässt. So zeichnen mal die Mutter, mal der Lehrer und einige andere das Leben eines Menschen nach, der als Flötist von der Drôme über Lyon nach Paris bis ins Hanau der Gebrüder Grimm umhervagabundiert und zahlreiche Wunder vollbringt, ohne es auch nur zu merken.

Mit Kirio führt Anne Weber die Tradition der Heiligenlegende bis in die Gegenwart. Doch kann es in unseren Zeiten überhaupt noch so etwas wie einen Heiligen geben? Wo kommt das Gute her, wenn es kein Gebot verlangt? Spielerisch und sprachgewandt geht Anne Weber in diesem draufgängerischen Roman den großen Fragen nach, um sie ganz gehörig aufzumischen.

Matthes & Seitz Berlin

Anne Weber

Ahnen

Ein Zeitreisetagebuch

267 Seiten, gebunden mit Schutzumschlag
ISBN 978-3-7518-0093-8

Anne Webers nachdenkliche Erkundungsreise in die Vergangenheit führt in die faszinierende Welt ihres genau hundert Jahre vor ihr geborenen Urgroßvaters Florens Christian Rang, zu dessen Freunden und Korrespondenzpartnern Walter Benjamin, Martin Buber und Hugo von Hofmannsthal zählten. Sie führt uns schließlich bis in ein Dorf bei Posen, in dem der protestantische Theologe, Jurist, Philosoph und Schriftsteller eine Zeit lang als Pfarrer tätig war. Anne Weber spürt den Widersprüchen und Krisen, den Abrechnungen und Aufbrüchen ihres Urgroßvaters, der hier unter dem Namen Sanderling auftritt, nach, indem sie seine Schriften liest, seine Briefe und Tagebücher entziffert, und schließlich eine Reise auf seinen Spuren nach Polen unternimmt. Auf dem Weg zu diesem leidenschaftlichen und gespaltenen Menschen durch das »Dickicht der Zeit« stellt sich immer wieder ein gewaltiges Hindernis in den Weg: die deutsche und familiäre Vergangenheit, wie sie nach Sanderlings Tod 1924 weiterging. Und damit die Frage, wie es sich lebt mit einer Geschichte, die man nicht loswerden kann.

 Matthes & Seitz Berlin

Anne Weber

Tal der Herrlichkeiten

219 Seiten, gebunden mit Schutzumschlag
ISBN 978-3-7518-0044-0

In einer kleinen Hafenstadt am Nordatlantik lebt Sperber, ein Mann mittleren Alters, ein einsames und tristes Leben. Während er eines Morgens am Kai entlanggeht, erscheint wie aus dem Nichts eine Fremde, die ihn kommentarlos auf die Lippen küsst und sogleich verschwindet. Dieses Ereignis reißt Sperber aus seinem Alltag, erweckt eine Sehnsucht, die ihm nichts anderes übrig lässt, als sich sofort auf die Suche nach dieser mysteriösen Frau zu begeben. Schließlich wird er sie in Paris finden. Ihr Name ist Luchs, ihr fehlt ein Finger und sie arbeitet im Hôtel-Dieu. Viel mehr erfährt er nicht über sie, doch die Liebe, die an den Ufern des Atlantiks ihren Anfang nahm, überwältigt ihn. In einer unvergleichlichen Intensität erleben die beiden Liebenden die nächsten Tage miteinander. Doch dann geschieht das Unvorstellbare und Sperber bleibt aufs Neue allein zurück. Anne Webers großes Buch über den Verlust und die Hoffnung öffnet den Weg zu einem Universum, zu dem wir nur dank der Fantasie und der Liebe Zugang haben.

»Webers hoher Ton verbindet sich mit einer zarten Eleganz. Jedem Satz wohnt ein Gespür für Feinstarbeit an der Sprache inne.«
— Björn Hayer, *Die Presse*

 Matthes & Seitz Berlin

Anne Weber

Annette, ein Heldinnenepos

207 Seiten, Broschur
ISBN 978-3-7518-0110-2

Was für ein Leben! Geboren 1923 in der Bretagne, aufgewachsen in einfachen Verhältnissen, schon als Jugendliche Mitglied der kommunistischen Résistance, Retterin zweier jüdischer Jugendlicher – wofür sie von Yad Vashem später den Ehrentitel »Gerechte unter den Völkern« erhalten wird –, nach dem Krieg Neurophysiologin in Marseille, 1959 zu zehn Jahren Gefängnis verurteilt wegen ihres Engagements aufseiten der algerischen Unabhängigkeitsbewegung ... und noch heute an Schulen ein lebendiges Beispiel für die Wichtigkeit des Ungehorsams. Anne Weber erzählt das unwahrscheinliche Leben der Anne Beaumanoir in einem brillanten biografischen Heldinnenepos. Die mit großer Sprachkraft geschilderten Szenen werfen viele Fragen auf: Was treibt jemanden in den Widerstand? Was wird dafür geopfert? Wie weit darf man gehen? Was kann man erreichen?

»Ein Leseglück von Anfang bis Ende.«
— Joseph Hanimann, *Süddeutsche Zeitung*

Matthes & Seitz Berlin

Thomas Stangl, Anne Weber

Über gute und böse Literatur

Korrespondenz über das Schreiben

185 Seiten, gebunden mit Schutzumschlag
ISBN 978-3-7518-0074-7

Ob es gute oder schlechte Literatur gibt, ist womöglich eine irrelevante Frage, kommt man doch beim Lesen kaum umhin, selbst ohne feste Basis Urteile zu fällen. Vordringlicher scheint es, Klarheit darüber zu erlangen wie das Gute geschrieben sein müsste, um nicht bloß im Abgleich mit seinem Gegenteil zu existieren. Oder handelt es sich hierbei weniger um eine ästhetische als um eine moralische Frage, um etwas, das für die Kunst keinerlei Gewicht besitzt? Denn Kunst – und damit das Schreiben –, so die herrschende Meinung, bestellt doch ein Feld, wo kein Verbot Gesetzesstatus hat. Sowohl in fremden wie auch in ihren eigenen Werken gehen Anne Weber und Thomas Stangl während ihrer sechsjährigen Korrespondenz diesen und ähnlichen Fragen nach. Dabei vermessen sie Graubereiche und zeigen, dass es der Literatur nicht um Konventionen, um den Zwang, gut zu sein, gehen sollte, sondern allein um die Haltung zum Gegenstand – um die Wirklichkeit, die Zeit, um die Toten und den Umgang mit Toten, um Grenzen, um Moral.

 Matthes & Seitz Berlin